O Pêndulo da Noite

Marcos Rey

O Pêndulo da Noite

São Paulo
2005

© Palma B. Donato, 2004

1ª EDIÇÃO, EDITORA CIVILIZAÇÃO BRASILEIRA, 1977
2ª EDIÇÃO, GLOBAL EDITORA, 2005

Diretor Editorial
JEFFERSON L. ALVES

Gerente de Produção
FLÁVIO SAMUEL

Assistente Editorial
ANA CRISTINA TEIXEIRA

Revisão
ANA CRISTINA TEIXEIRA
CLÁUDIA ELIANA AGUENA

Projeto de Capa
VICTOR BURTON

Foto de Capa
ROMULO FIALDINI

Editoração Eletrônica
ANTONIO SILVIO LOPES

Dados Internacionais de Catalogação na Publicação (CIP)
(Câmara Brasileira do Livro, SP, Brasil)

Rey, Marcos, 1925-1999.
    O pêndulo da noite / Marcos Rey. – São Paulo :
Global, 2005.

ISBN 85-260-0992-3

1. Contos brasileiros I. Título.

05-1219   CDD–869.93

Índices para catálogo sistemático:
1. Contos : Literatura brasileira   869.93

Direitos Reservados

 GLOBAL EDITORA E DISTRIBUIDORA LTDA.
Rua Pirapitingüi, 111 – Liberdade
CEP 01508-020 – São Paulo – SP
Tel.: (11) 3277-7999 – Fax: (11) 3277-8141
e-mail: global@globaleditora.com.br
www.globaleditora.com.br

 Colabore com a produção científica e cultural.
Proibida a reprodução total ou parcial desta obra
sem a autorização do editor.

Nº DE CATÁLOGO: **2578**

Em memória de
LUIZ DONATO,
meu pai

Sumário

Mustang cor-de-sangue 9

O dicionarista 39

Eu e meu fusca 67

Venha, mas venha com Kelene 87

O bolha 121

O cão da meia-noite 145

Mustang cor-de-sangue

*Para
Antônio Ghigonetto*

Mesmo que eu, esse cara que vocês estão vendo, viva até enjoar, mil anos, podre de rico, ou como estou me virando agora, na base da mordida, cercado de Pats Alvarados ou na fossa total, matando cachorro a grito, até o fim, qualquer fim, não se apagará de minha cabeça aquele maldito Mustang cor-de-sangue. O meu tempo parou lá, brecou nas rodas do carrão, rangendo na terra fofa.

Ao sairmos, às duas da madrugada, favorecidos pela neblina paulistana, eu e Pat vimos o carango pela última vez, sob as árvores esmaecidas e gotejantes do Parque de Liliput. Mas não avaliava na pressa que tudo perdia; eram apenas impressões e pavor, que eu telegrafava a Pat, apertando-lhe a mão suave a curtos intervalos. Acreditava que o fato, digamos assim, por enquanto, o fato, com toda a sua carga elétrica, servisse para nos soldar, mão com mão e tudo mais, na defesa do mesmo segredo. Estava bêbado, gamado e com um tremendo grilo na cuca.

Uma vez começado, vamos em frente, recuando a uma época cheia de pessoas folgadas, sorridentes, que registravam ao me reconhecer: "Lá vai o afortunado secretário do anão Jujuba". Não era nenhum elogio, mas a ironia perversa dos que viam em mim um reles explorador do nanico. Nada mais injusto. Está aqui, amigos, o verdadeiro explorado, o pobre moço com ambições literárias que o Jujuba espremia, vivendo do meu talento, das minhas idéias. Desculpem-me se destruo um mito. Aliás, eu já fazia isso, pichava-o sempre, divulgando suas farras e comentando com todos o grande unha-de-fome que ele era. Besteira, nem chegava a arranhar-lhe a glória, obstado pelos costumeiros defensores dos poderosos, que rebatiam assim: "Eh, escriba, quem era você antes do Jujuba? Quanto faturava traduzindo livrescos policiais? Hoje você é alguém, ingrato. Veste-se na moda, toma JB, mora no Castelinho e dirige o Mustang".

A bem da verdade, dirigi uma só vez, mas era onde pretendia chegar. Se me deitar agora, com os olhos cerrados, no divã de um psicanalista, e ele me perguntar o que vejo, responderei prontamente: "Um Mustang, doutor. Um vistoso carro esporte, com uma colorida decalcomania no pára-brisa; é a cara engraçada do famoso anão Jujuba de quem seus filhos certamente recordam saudosos".

Aquele sábado, de um calor ardido, o Jujuba surgiu à minha frente, no Castelinho, vestindo um dos seus muitos trajes extravagantes e fumando cigarrilhas. O sol matinal, jorrando, dava-lhe o brilho e fixidez de um *display*, um ser feito de cartolina plastificada, de imediata sedução, para o público infanto-juvenil.

– Vamos dar um giro, escriba.

O astro naturalmente tinha motorista, o Yoshi, mas um nipônico não satisfaz como testemunha ocular. Queria alguém menos impessoal, menos terceira pessoa, com a fraqueza ocidental da inveja e olhos bem redondos para ver. Eu era a pessoa indicada: além de redator de seu infame programa de TV, estava encarregado da promoção do herói.

– Ia telefonar para consertarem a escada da piscina – parece que eu disse. – Ela está quebrada, patrãozinho.

Jujuba encaminhou-se para a garagem acompanhado por Marco e Pólo, seus galgos, e contemplou com revoltante vaidade os cinco automóveis, entre eles a nova aquisição.

– Hoje vamos de Mustang cor-de-sangue – esclareceu com sua vozinha de disco experimental de acetato. – E com o corpinho empinado, passos ligeiros, como se andasse nas pontas dos pés, abriu a porta do carango e fez sinal para que me sentasse à direção.

O cheiro cru do "zero-quilômetro" me alertou para o cuidado que ele merecia. Motorista sem cancha, eu me sentia mais à vontade pilotando o velho Itamarati, já muito trombado.

– Onde vamos, chefinho?
– Buscar Patrícia.
– Que Patrícia? – encenei, com cara-de-pau.
– Só conheço uma, escriba.

Agora voltemos por bossa à pergunta não respondida. "Eh, escriba; quem era você antes do Jujuba?" Se por acaso compartilham dessa acusação, observem que não me embaraço. Quem era eu? O *one man show* de uma quitinete. Não é muito difícil explicar, tetrarcas. Como centenas de habitantes de uma grande colméia, e devido à escassa alimentação ou ao excesso de álcool, sofria do que chamava "pressão arquitetônica". Meu espaço era de quatro por quatro, milhões de vezes percorrido por um moço que segurava um copo de gim. Como *one man show* oferecia espetáculos, inclusive de *strip-tease*, com a janela aberta para atrair as fêmeas dos apartamentos fronteiros. Se alguma prostituta da Boca me visitasse, então fazia um número de hipnose na esperança romântica de não pagar o michê. Fui equilibrista, embriagado, no peitoril da janela com sessão ao ar livre, e até saí nos jornais com bastante destaque. A quitinete era meu palco e cárcere. Para viver traduzia os romances policiais de Max Pylon, *Série Vermelha*, autor de muito trânsito nos trens suburbanos de Nova Iorque. Comecei com o *Clube dos Gatos Pretos* e após vinte e cinco traduções concluí a lista vertendo para o nosso idioma *A Morte na Piscina*, a história de um garoto herdeiro de milhões, que se afoga em sua piscina domiciliar parcialmente esvaziada por mãos criminosas. Assim vivia, alimentando-me com sanduíches de mortadela e preocupado com problemas culturais, quando tocaram a campainha de meu cubículo e rente ao chão descobri o Jujuba, ex-morador do edifício, antes de saltar com incrível precisão do picadeiro de um circo para o vídeo. Como andasse à procura de um redator para seu programa, comprou-me roupas na Augusta e instalou-me no Castelinho, sua mansão, pois comumente acordava de madrugada com suas cretinas idéias na cabeça.

– Cuidado com o ônibus, imbecil!

Por um triz não arrebento o precioso carango. Algo fervia dentro de mim, espécie de medo e profecia, ou era o animal enjaulado na quitinete que urrava.

– Vá parando naquele prédio.

Encostei o carango rezando para que Patrícia dos meus amores desse o bolo no chefinho. Não me parecia justo, entre outras coisas, que um homem de noventa e cinco centímetros (cálculo bastante preciso que eu fizera na véspera) tivesse direito a tantos prazeres.

– Espere um pouco, escriba. Vou ver se Pat está pronta.

O reduzido saiu do carrão com seus ares importantes. Na intimidade não era o anãozinho da Branca de Neve que as crianças e mamães adoravam. O sorriso do rótulo dos Biscoitos Mirim mentia. Queria que os pais da garotada vissem o ídolo de seus filhos, intoxicado, a filmar com requintes técnicos, meia dúzia de putinhas nadando nuas em sua piscina. Nada exemplar, não? No entanto, Jujuba já fora convidado a visitar o Palácio do Governo e tinha pilhas de fotos tiradas ao lado de padres, freiras e até do arcebispo.

– Patrícia... – murmurei.

Lá estava minha tara, minha gama, trazida pela mãozinha do anão, como uma égua de Grande Prêmio, desempenada, solta, toda verde em seu ostensivo *canter*.

– Este é um dos meus auxiliares – disse o monstro sagrado abrindo a porta do carrão para a entrada triunfal da ninfa. – Um rapaz de futuro que venho ajudando.

O Mustang tomara um banho de perfume. A cheirosa vedete, verde como a clorofila, anúncio de dentifrício, era uma tonelada de rosas matinais que o carango transportava. Ela falou, e quando falava aquele cheiro verde soprava em ondas sobre minha cabeça, como se tivessem instalado no banco traseiro um enorme ventilador. Numa curva inábil descobri a utilidade do espelho, cheio de reflexos solares, e fixei os olhos nela vendo a cabeleira de Pat Alvarado teimosamente percorrida pelo vento.

– Por que recusou os convites anteriores? – perguntou o micrômegas, fazendo charminho.

– Por causa de sua fama, Jujuba. Todos dizem que você é um lobo.

O monstro sagrado pegou-lhe a mão e beijou.

– Sou uma pessoa como outra qualquer. Acha que as crianças (disse os petizes) gostariam de um lobo?

"Ainda tem lugar na primeira fila?" O bilheteiro sempre se ria porque era a fila do gargarejo, a dos tarados e míopes. Na minha carteira, o dinheiro da editora – um pouco do sangue de Max Pylon – que me proporcionava duas horas da mais completa excitação sexual. Quando as cortinas se abriam, *Mr*. Hide começava a aplaudir com suas mãos peludas, mãos de macaco, enquanto seus cabelos cresciam a ponto de prejudicar a visão dos que se sentavam nas filas B, C e D. Meus lábios ficavam úmidos e minha língua não tinha parada. Os espectadores, à minha direita e esquerda, olhavam-me receosos de que eu saltasse no palco para devorar a querida estrelinha com os paetês e tudo. Com um espelhinho de bolso, às vezes examinava a monstruosa fisionomia: olhos inflamados, narinas dilatadas, queixo pontiagudo e a barba crescendo. As pilhérias grosseiras do palco, os porcos trocadilhos, as baboseiras todas não me faziam rir. O que me interessava era ver a minha vedete-mor, anunciada pelos acordes duma orquestra mambembe. Lá estava quase nua sob um *spot-light* com muita carne, muita curva, um arzinho de dona-do-mundo, remexendo-se, passeando na boca do palco, quase ao alcance das mãos peludas de *Mr.* Hide ou virando-se para uma série de luxuriantes requebros.

Eu já vira muitas vedetes fazerem tudo aquilo, mas eram na maioria coroas, cheias de celulite, molengas, cansadas, artificiais, desgraciosas, já com o saco cheio de tanto rebolado. Patrícia era novinha, acho que uns vinte anos, toda durinha, inteiriça, com as carnes no lugar, sem marcas ou manchas no corpo, tremendamente narcisista, interessada em apagar as coleguinhas, em constante movimento, inclusive com a boca, abrindo-a e fechando-a, mostrando dentes lustrosos, com aquela alegria juvenil, cheio de braços e de pernas, nas posições mais inesperadas, e ao mesmo tempo cantando e dizendo asneiras, pondo em curso uma voz rouquinha, acariocada, praiana, desinibida e livre. No final da sessão, *Mr.* Hide, ainda peludão, plantava-se à saída dos artistas, com a mão no bolso, à espera de que a senhorita Alvarado aparecesse. Nunca saía sozinha, geralmente em grupo ou acompanhada por algum tipo endinheirado que lhe pagaria seu justo valor.

– Algum dia vou vê-la trabalhar – prometeu o anão.
– Não vá – pediu-lhe a vedete-clorofila. – Aquilo é uma merda, desculpe. Estou farta do rebolado. Acho que posso fazer coisa melhor. Há tanta mixuruca no cinema e na televisão! Gente que nem sabe abrir a boca!

O pequerrucho concordava e entrava em ação com as mãos. Ouvia o ruído dos seus dedinhos amarfanhando o vestido de Pat.

Aquilo era horrível, doía, os tímpanos estouravam, os olhos estufavam e enxergavam menos, dificultando a tarefa de pilotar o Mustang. Creio que vocês já entenderam por que odeio tanto esse carro, sempre viajando de volta no tempo, numa ré de pesadelo, repetindo todas as ruas, avenidas e praças daquele maldito dia.

– Vamos comer alguma coisa, boneca. Aquele restaurante é muito bacana.

Mal púnhamos os pés fora do carro, Jujuba já era reconhecido e vinha a cansativa sessão dos autógrafos. Crianças que surgiam não sei de onde. Apareciam às dezenas, suplicantes, querendo tocar o charmoso anão com suas mãos lambuzadas, e beijá-lo, acariciá-lo, com um fanatismo que me irritava. Um tanto afastado, eu fixava-me nos olhos azuis da deusa, ela também envolvida pelo espetáculo e orgulhosa de sua famosa companhia. Isso aconteceu inúmeras vezes naquele dia, injetando autoconfiança no reduzido, que mesmo distante das câmaras precisava do apoio de seus fãs. Autografando cadernos, blusinhas, blocos, livros de nota e até a própria pele das crianças, recebendo sorrisos e cumprimentos das mamães e dos papais, ele ia habilmente se afastando de todos para ficar a sós com a Alvarado e seu atencioso secretário.

– Os diabinhos não me dão sossego, Pat – desculpava-se o monstro sagrado. – Por isso nem adianta tirar férias. Uma vez me reconheceram numa estância de repouso. Precisava ver o que fizeram: quase puseram o hotel abaixo. – E voltando-se a mim com falso sentimento de inveja: – Como gostaria de ser anônimo igual a você, escriba!

Por favor, não imaginem que pretendo jogar toda a antipatia de vocês contra o Jujuba e passar como bonzinho. Não é isso, juro. O ídolo de seus filhos, o amiguinho do arcebispo, o decorativo cicerone da Disneylândia, o nanico que cobrava oitenta mil cruzeiros para fazer um comercial filmado, era o maior filho da puta que jamais conheci. É verdade que me salvou da "pressão arquitetônica", que me comprou roupas e me transferiu para o Castelinho, com uísque, farras e vida mansa. Mas não me dava isso de graça; sabia que eu tinha cabeça e que podia aumentar a audiência do seu programa. Depois que me empregou, tomem nota, seus *tapes* passaram a circular em doze estados, faturando horrores, e graças a mim ele se animou a cantar e gravar discos com aquele tostãozinho de voz.

— Vamos boneca, o que você quer comer? Peça o que quiser. Todas as pessoas que andam comigo engordam. Está aí o escriba de prova. Diga a ela quantos quilos engordou neste ano.

A princípio o cara sempre passava como generoso. Quando queria pegar uma mulher ou explorar um homem, dava uma de Papai Noel, como se o dinheiro para ele não valesse nada. Outra mentira! Era o maior sovina da televisão, não ajudava ninguém, nem mesmo as crianças pobres que o procuravam. Só abria a diminuta mãozinha para esnobar. Roupas mil, carangos estrangeiros, o Castelinho, que lhe custara dois bi, fora os móveis, os quadros e os badulaques todos.

— O que me diz, boneca, duma visita aos estúdios da Ipiranga? — sugeriu o nanico para dar mais uma demonstração de força.

Foi na Ipiranga, ante o fundo infinito dum cenário marciano, onde se desenrolavam as aventuras do Jujuba, que tive minha primeira oportunidade com Pat. Cheguei-me bem perto dela para comprovar que o motorista do Mustang não era invisível, e já com muitos goles no caco, meio balão, fiz minha jogada:

— Escute aqui, Pat. Você podia ganhar muito dinheiro com o Jujuba. Basta ter um papel fixo no programa. Disso posso cuidar, pois sou eu que o escrevo. Mas precisa ser viva, boneca. Exija contrato de seis meses. Cinco mil, durante seis meses. Queira a coisa assinada, garantida. Não vá na conversa desse anão. Ele costuma prometer e não cumprir. Já vi o Jujuba engabelar muita moça como você. Peça o contrato.

Pat, a ambiciosa, sentiu que tinha um aliado; ficou mais verde, mais clorofila e inclinou o caule sobre o *mignon*. Fomos, ainda, tomar uns tragos no Pandoro até que anoitecesse. Piscando para mim, deu a entender que ia contra-atacar

— Oh, Jujuba, como gostaria de trabalhar com você! Me cave um papel fixo e amanhã mesmo abandono o rebolado. Aquilo não dá mais, você sabe.

O reduzido encaixou a bola.

— Quer mesmo trabalhar comigo?

— Ainda pergunta?

— Então vamos à minha casa tratar do assunto.

No fotograma seguinte, nós três já estávamos no Mustang, ele bolinando a vedete, que protestava baixinho, *pro forma*. Para uma mulher entrar no Castelinho de rapadura do Jujuba era fogo. A própria Belinha, sua *partner*, de doze ou treze anos, levara chumbo por trás. Foi na Semana da Criança. O monstro sagrado, sempre atento ao calendário promocional, oferecera uma festinha aos filhos dos colaboradores. Belinha parecia um bolo coberto de *chantilly*, acompanhada pelo papai, um modesto telegrafista, proprietário feliz de uma casa comprada graças aos encantos e fotogenia da filha. Jujuba bebera demais, e à certa altura, boiando pelo living em sua roupa especial, gozando as delícias da imponderabilidade, aconselhou-me: "Nunca misture rum com pervitim, escriba". Vi que estava nos seus dias de euforia e risco, na onda do vale-tudo. Empurrou todos os convidados para fora, distribuindo presentes, menos dois: Belinha e o papai. Em seguida, atraiu a menina para a biblioteca a pretexto de mostrar-lhe seu papel que teria muitos "bifes" aquela semana. Eu, que não sou moralista, embora muito cauteloso, entendi as intenções do perverso, e entre ponches e sorrisos, fui conduzindo o orgulhoso papai até as bordas da piscina. Lá improvisei interessante discurso sobre os benefícios da água clorada com o braço ao redor do ombro do atento convidado. Hoje vejo a baixeza de tudo aquilo e receio mesmo que algum autor estrangeiro, lendo esse trecho, possa chocar-se demais com a vergonhosa situação que muitas vezes é imposta aos intelectuais da América Latina. Enquanto eu falava, falava, na biblioteca o nanico, navegando no espaço, à falta de gravidade e caráter, agarrava a avezinha descuidada, tombava-a de bruços no divã, sussurrando que não ia doer e mostrando a mão em concha cheia de cuspe.

Somente pude concluir a conferência cloral ao ver o anão e sua protegida reaparecerem no living, ela com um *script* ante o rosto para esconder o rubor. Depois que o papai e a filhinha saíram, no término das festividades da Semana da Criança, o anão tomou mais um e naufragou. Tive que levá-lo para a cama, nos braços, vestir-lhe o pijaminha, e já ia me retirar, pé ante pé, quando ouvi a voz de acetato. Queria que apanhasse na estante os *Contos da Carochinha*. Lembro que me sentei numa poltrona baixa, ao lado de sua cama, e com bossa e voz de vovozinha li para ele "O Pequeno Polegar" e

"Joãozinho e Maria", historietas de indestrutível sabor e fundo moral. Antes do fim, ouvi um ronco suave, o de um pião sobre a cauda de um piano, e lá estava, todo apagado, de boca aberta, o amiguinho de seus filhos.

— Moro nessa casa, Pat. Gosta dela? — perguntou o reduzido, apontando seu castelo encantado entre muros e árvores.

— Por que uma casa tão grande, Ju?

— Quando meu cartaz mixar, farei dela a maior putaria do país. Idéias aí do escriba.

Desci para abrir os portões porque sábado, dia de farras, Jujuba dava folga ao mordomo e à cozinheira. Voltei ao Mustang e o estacionei lá, sob as árvores, onde o veria pela última vez. O anão seguiu na frente, empinadinho, disposto a enfrentar os penetras que por acaso estivessem no Castelinho: eles costumavam invadi-lo, pulando o muro, quando não havia ninguém. Eram uns vândalos, além de chatos. Aproveitei a oportunidade e segurei o braço da clorofila. Perto dela, com o rosto a centímetros do seu, senti o perfume de Pat e o impacto dos seus olhos. Tentei mostrar-me indiferente a qualquer atração física, o amigo assexuado que caía do céu para auxiliá-la naquele momento decisivo.

— Lembre do que disse. Não vá no papo dele. Mostre que é sabida. Nada sem contrato assinado. E não tome muito uísque nem bolinha, se não quer entrar pelo cano.

Pat sorriu, altiva, muito segura de si, com aquela cara de puta de ribalta que eu adorava. Entramos no living, todo luminado, embasbacando a donzela pelo luxo. Pobre em casa de rico fica biruta. Cheguei a temer que ela tirasse a roupa e se pusesse a dançar. Parou diante dos retratões na parede, imensas fotos em tamanho família que mostravam o Polegar, gigantesco, andando sobre ônibus, pontes, elevados e edifícios — o dono da metrópole. A fotomontagem transportava o Jujuba do País dos Anões ao País dos Gigantes, dando a mão a De Gaule, a Cassius Clay, atacando assim tecnicamente seu mais antigo ressentimento.

O dono da casa, que desaparecera por instantes, voltou empurrando um bar-volante, tipo de carreta medieval, autêntico *show* de rótulos e bebidas finas. O fanático da ostentação, o porra-louca, sentou-se num coelho de balanço, donde costumava posar para revistas, e deu seu primeiro lance:

– Não trato de negócios sem beber. Vamos encher o caco. Então quer mesmo um papel, Belezoca? Bole um papel pra ela, escriba.

Chutei em cima:

– Bolei, chefinho. Ela pode ser uma superfada eletrônica, que voa no espaço e salva os astronautas das mãos do maldoso Rei Urano.

– Está aí a idéia, sereia. O papel é seu.

A vedete-clorofila, mais bunda que cabeça, procurou seu ponto de apoio visual e então começou a falar como se fosse macaca velha. Via sua boca carnuda abrindo e fechando, toda sexo, empurrando as palavras com a linguinha. Via os dentes faiscando e os peitos subindo e descendo. Mas o que era mesmo que dizia? Mais ou menos isso:

– Olhe aqui, Jujuba, já estou cheia de promessas. Todo mundo quer me dar trabalho. Mas é de araque, morou? Conversa mole não me pega mais. O que quero, no duro, é um contrato, tá?

O micrômegas não estranhou a exigência:

– Quanto quer ganhar, verdinha?

– Por menos de cinco, neca.

– Não diga mais nada: cinco tijolos.

– Mas não é só isso, já disse. Quero contrato de seis meses. É como todo mundo faz, não é?

O charmoso nanico, balançando-se no coelho, me piscou maliciosamente e ordenou:

– Vá ao escritório e pegue uma fórmula de contrato. A moça está cabreira e com razão porque ainda não me conhece. Depois lhe diga como sou generoso, escriba. Conte-lhe quem você era quando o descobri perdido na floresta. Conte pra ela.

Fui à biblioteca onde encontrei diversas fórmulas impressas de contrato, mas o chefinho queria uma só. Fajutagem, como já devem ter percebido. Peguei também a portátil e voltei ao living, indo me ajeitar num *puff* com a máquina sobre os joelhos. O *mignon*, ainda se balançando, com pinta de empresário, ditou as cláusulas variáveis silabando as palavras. E, num passe de mágica, uma caneta se materializou entre seus dedos e assinou. A verdinha assinou embaixo.

Precisavam de uma testemunha: eu. Exatamente como havíamos fajutado diversas vezes com muitas incautas.

— Negócio fechado, verdinha. Você é minha por seis meses. Percebeu bem o que eu disse? Minha. E contratada aqui do papai tem que se rebolar. Venha dar uma beijoca no chefinho.

A vedete levantou-se, frescona, e remexendo as nádegas curvou-se para beijar o anão. Um faustoso rabo se ergueu na minha direção; tive que virar meia dose de uísque para me conter. Quase que passava a mão, estragando tudo. Jujuba envolveu o pescoço de Pat com seus bracinhos e pregou-lhe violento e chupado beijo na boca. A verdinha riu e o canalha repetiu a dose ainda com mais ímpeto e tesão. Eu respirava forte, puto da vida, com vontade de esmagar o monstro sagrado lá mesmo no balanço. Em seguida o peralta enterrou a cabeça no decote da vedete, enquanto enfiava a mãozinha sob a minissaia. Aí, felizmente, Pat afastou-se a rir e deu umas reboladas legais entre meu *puff* e o coelho. A idiota pensava que já pusera os trinta mil na bolsa e começava a abrir-se.

— Faça um *strip-tease* pra nós — pediu o homúnculo, entusiasmado. — Vá tirando os trapos, verdinha, não tem ninguém aqui, só nós.

Pat Alvarado sacudiu a cabeça, negando-se, com os cabelos soltos, caídos sobre o rosto.

— Criada também é gente, chefinho.

— Mas só tem a arrumadeira lá dentro, que já deve estar dormindo. Pode começar o espetáculo. Paguei trinta mil contos pra ver esse lordo, boneca.

Quando ela se virou para mim, fiz-lhe uma careta, e ela, manjando, saiu com essa:

— Estou morrendo de fome, Ju. Depois eu faço o que você manda.

— Hoje não tem comida — disse o *mignon*. — O escriba cismou de dispensar a criadagem, até o jardineiro. — E para mim: — Vá lá dentro e veja se arruma uns sanduíches.

Disparei para a copa, enciumado. Não queria que o reduzido ficasse sozinho com minha gama por muito tempo. Voei pelos corredores. Encontrei tudo: pão, queijo, salame. Eu tinha liberdade, entendem? Conhecia o Castelinho como a palma da mão e vivia abrindo e fechando as geladeiras. Voltei para o living com a mesma pressa. A vaca da vedete estava deitada no tapete com os peitos para fora. O anão beijava-lhe e mordia os seios, fazendo ruídos. Tão entretido, nem percebeu minha aproximação. Ia arregaçar-lhe a saia para continuar seu trabalho bocal quando Pat me viu e saltou de pé.

— Ah, os sanduíches! — Pegou um deles da bandeja e foi mastigá-lo num canto ainda com a metade dos peitos aparecendo.

Jujuba continuou no chão.

— Você veio estragar, escriba. O melhor ia começar agora.

Fui ao bar e enchi um cálice. Precisava beber mais, sem parar. Aquelas emoções me aceleravam o coração. Para o Jujuba aquilo era rotina, mas eu era tarado por Pat há três anos, ajuntara recortes de jornal, colecionara retratos, seguira-a pelas ruas, procurara mulheres com a cara dela nos bordéis e gastava todo o sangue das traduções de Max Pylon para ver suas coxas no palco. O monstro sagrado levantou-se e foi pegar um uísque na carreta, mas não encontrou a marca que queria e com um palavrão foi para a adega.

Apertei o braço de Pat; a verdinha gemeu.

— Você tem chulé na cabeça, moça. Sabe o que fez? Assinou um papel qualquer. Onde está sua cópia para provar que o contrato existe? Ele quer é dar uma trepada em você e só. Não vai ver um tostão, me entende?

O QI da vedete era uma vergonha nacional.

— Então caí no conto?

— Claro que caiu, boneca. Foi tapeada pelo anão como uma criança. Devia se envergonhar.

— O que devo fazer?

— Agora ponha esses peitos para dentro e enfie o contrato na bolsa. Pegue ele. Está lá na mesa. E trate de ir embora bem depressa. Amanhã, logo cedo, telefono pra você. Com o contrato, ele tem que te pagar mesmo você não trabalhando.

Acho que Pat havia roubado muita coisa, isqueiros, cinzeiros, talheres e *souvenirs* em bacanais de grã-finos, tal foi a rapidez e naturalidade com que meteu o contrato na bolsinha. Ato contínuo, ainda mais rebolativa, frescona, e com o maior sorriso do hemisfério, dirigiu-se ao espelho do living para pentear os cabelos. Confesso que naquela hora quase me lanço sobre ela, para possuí-la na marra, se o chefinho não reaparecesse com uma garrafa bojuda de uísque.

– Gostou do sanduíche, boneca?

A clorofila, com um sorriso de mentira, assoprou-lhe um beijo, como costumava fazer no palco ao cair da cortina, e anunciou:

– Agora que matei a fome, vou embora. Tem festa na casa de uma amiga.

O anão franziu a testinha, emputecido. Nem as menores saíam de lá sem levar chumbo.

– Você vai na festa depois, verdinha. Agora vamos fazer uma brincadeira. Veja aí o escriba. Ele está louco por você, como está na cara. Então você faz um *strip-tease* – era o início de um plano diabólico – tira toda a roupa. Mas antes pegue um lenço e amarre os olhos dele. Olhe, tem um lenço aí! Consiste em... quero dizer, se ele conseguir te pegar, vocês trepam aqui, na minha frente. É a sua chance, escriba! Depois não vá espalhar que o chefinho não lembra de você.

– Deixe ela ir na festa, chefinho.

– A festa vai ser aqui. Amarre os olhos dele, verdinha. Pegue o lenço.

Eu estava ereto com vagas esperanças de ser bem-sucedido. Pat Alvarado chegou-se a mim e vendou meus olhos com um lenço perfumado. Uma das muitas brincadeiras do chefinho em que eu era o centro. Coisas piores já preparara para mil convivas. Tudo escureceu e eu comecei a ouvir a roupa dela, o ruído da nudez se posso falar assim. Sabia que Pat estava despida diante de mim mas não podia ver nada. Fiquei louco, embora fixo no chão.

– Pode começar, escriba. Pegue ela. Se mova, matusquela.

Com os braços espichados, como um sônambulo, saí atrás dela, com o coração pulando, a boca seca, rezando para que tudo desse certo. Perto de mim, o nanico morria de rir, me estimulando a prosseguir. Ouvia também os risinhos da clorofila, que corria pela sala, evitando minhas mãos ávidas. Às vezes, eu a sentia perto e me excitava mais ainda. Mas de repente, empurrando com o pezinho, o micrômegas jogou o *puff* diante das minhas pernas e eu afocinhei no chão. Nervoso, arranquei a venda, mas não a tempo de ver a vedete, já escapando pelo corredor, com suas roupas.

— Chefinho, bati com o nariz!
— Não sabe o que perdeu, escriba! A mulher é um espetáculo! Agora vou subir e pegar ela. Fique aí, deitadinho no chão.
— Quer que vá buscar ela?
— Eu tenho pernas, escriba! Você já teve a sua oportunidade.

Levantei-me com meu lance preparado. O nariz me doía, mas eu precisava reagir. Pra que é que a gente tem cabeça?

— Patrão, que foi que houve com sua cuca? Mulher como essa tem aos montes por aí. Ela não vale trinta mil contos! Nem sendo o maior rabo do país!

— Quem lhe disse que vou lhe dar os trinta, calhorda? Quando ela sair, rasgo o contrato e está tudo acabado, não sabia? Sempre fizemos isso. Esqueceu ou está biruta?

— Mas onde está o contrato? Diga chefinho!

Jujuba olhou para a mesa onde o contrato tinha sido assinado. Procurou-o no chão.

— Estava aqui, não estava?
— Mas onde está agora?
— Não sei.
— Procure, chefinho, procure.

O anão perdeu a paciência:
— Onde está o puto do contrato? Onde está ele, veadão?

Apontei para o fundo do corredor.
— Na bolsinha da cadela.

O Jujuba não gostava de ser enganado, ficou onça.
— E a bolsa, está com ela?
— Está, chefinho. Eu vi quando ela pegou o contrato.

Ele procurou se controlar, tomou uma tremenda dose de uísque, pensando na situação. Piscou os olhinhos, pondo a cabeça a funcionar.

— Podíamos lhe arrancar a bolsa, mas ela é de fazer escândalo. A vizinhança já anda meio cabreira com nossas farras. Precisamos agir com cautela.

Fingi estar bolando algo na hora.
— Chefinho, tive um estalo.

Jujuba ergueu a cabecinha e olhou-me esperançoso. Sempre esperava meus estalos, geralmente bons. Era um filho da puta, mas jamais alguém confiou tanto no meu talento. Essa justiça lhe faço.

– Desembuche, escriba, antes que ela escape.

Após um pequeno "suspense" apontei para a piscina. Era uma jogada muito importante.

– Convide a verdinha para um mergulho na piscina.

– Quero trepar, não nadar.

– Acho que o chefinho não está morando. – Realmente não estava, mas se dispôs a ouvir-me com o mesmo interesse profissional que dedicava às boladas e *gags* do programa. Creio até que adorava ouvir minhas sugestões, sempre tão rendosas para ele. – Patrão, a coisa é simples. Enquanto vocês nadam, eu entro no quarto e roubo o contrato. Ela não pode nadar de bolsa, pode?

– Realmente não pode. Sugestão aprovada, escriba.

O dono da casa dirigiu-se ao corredor ao encontro de Pat Alvarado que saía do banheiro. Não ouvi o diálogo, pois fui ao jardim ver a piscina. De manhã eu retirara a escada e a deixara sobre a cama. Fui ver se ainda estava lá. Precisava também de um pouco de ar fresco, queimado como estava por dentro. Larguei-me numa preguiçosa com um copo não sei de que na mão, e fiquei à espera dos dois mastigando meus planos secretos. Não demorou muito a que Pat surgisse a meu lado com um escandaloso maiô vermelho que o nanico lhe emprestara. Lembrei-me de todas as fêmeas que já vira no cinema e concluí que ela era a melhor de todas. Uma parada, tetrarcas.

– Você sabe nadar, Pat?

– Já fiz bailado aquático. Nasci nadando. Sou carioca, como se vê. Mas tudo isso é lindo! Como o Jujuba ganha dinheiro! – E mudando de tom: – Ele não desconfia de nada, não? Digo do contrato.

– Está muito bêbado, Pat.

Ela olhou ao redor e arriscou mais uma pergunta.

– Quer dizer que terá que me pagar mesmo se eu não trabalhar?

– A gente registra o contrato amanhã.

– Você ensina como se faz?

– Deixe pra mim.

A vedete riu.

– Você é o próprio amigo-da-onça, hein?

Fiz uma cara de sofredor, que me caía muito bem.

– Viu como ele me humilha? Na frente de todos! Preciso tirar minhas desforras. Sou humano como qualquer pessoa e estou muito preocupado com você.

O Jujuba transpôs a porta de vidro do living com uma novidade: estava completamente nu. Pelado ficava ainda menor, ainda mais reduzido. Menos tenso, ri a valer. Pat, a putinha, imitando uma donzela envergonhada, mergulhou na água. Logo punha a cabeça pra fora, anunciando que a água estava gelo puro.

O anão deixou a garrafa bojuda aos meus pés e ordenou:

– Vá procurar a bolsa.

Entrei na casa com a missão a cumprir. Não foi difícil encontrar a bolsa. Fora escondida numa gaveta do pichinchê de um dos quartos de hóspedes. Ao abri-la, meio emperrada, senti o perfume da vedete. Peguei o contrato e ia saindo quando vi suas roupas sobre a cama. Não pude resistir: cobri meu rosto com suas calcinhas e aspirei profundamente. Fiz isso tantas vezes enchendo tanto os pulmões de ar perfumado e cheiro de carne de Pat, que fiquei tonto. Voltei ao living nervosamente sem saber o que fazer com o contrato. Onde deveria escondê-lo? Desorientado e pensando em voltar ao quarto para novas cheiradas, descobri afinal um vaso que Jujuba adquirira no Natal em Parati. Enfiei o contrato lá dentro e voltei às margens da piscina com os olhos na garrafa bojuda. Nadando, abraçado na vedete, Jujuba protestava:

– Quem mandou esvaziar a piscina? A água desceu um metro.
– Fui eu, chefinho. Ela está suja.
– Mas ela foi limpa outro dia, veadão!

Sacudi os ombros e peguei a garrafa, com mais sede ainda, mais desejo de me embriagar. Há muita diferença entre as emoções da ficção, aquelas que eu sentia nas traduções de Max Pylon, e a realidade. O que acontecia era verdadeiro. Vi a marca da água, um metro abaixo, e invejei a frieza dos personagens de Pylon. Eles não temiam nada e iam em frente com a maior segurança.

– Eh, Pat, vamos fazer o negócio dentro da piscina mesmo – propunha o anão.

A vedete, sempre a rir, evitava-o. Suas braçadas longas, de bailado aquático, livravam-na do minúsculo perseguidor. Pensei naquilo em termos de cinema e achei tudo ótimo. Mas apesar do meu estético entusiasmo sentia dores de barriga.

Para fugir à perseguição, Pat, a comediante, conseguiu alcançar as bordas da piscina e saltar fora. Levantei-me da preguiçosa vendo ali a oportunidade, o instante da ação.

— O que aconteceu com a escada? — berrou o nanico. — Como é que vou sair daqui?

— A escada?

— Sim, onde ela está, veadão?

Realmente eu era uma merda perto do tio do garoto do livreco de Max Pylon. Pus-me a tremer, mostrando-me um perfeito bolha, quando a ação deveria ser urgente, eficaz.

— O senhor esqueceu que ela quebrou...

— Como poda quebrar? É forte pra caralho!

Sacudi os ombros outra vez:

— Acho que foram os cabeludos. Estavam todos dopados. Só podem ter sido eles.

Pat saiu da água e estendeu a mão para o Jujuba, que fez um enorme esforço para pisar a margem. Ficaram os dois, respirando fundo, sentados no chão, tentando rir da força que haviam feito. Voltamos os três para o living, Jujuba espirrando. Depois que Pat passou por ele, o nanico me puxou pela mão.

— Se alguém me procurar, escriba, diga que viajei, que morri.

— Sim, chefinho.

— Afanou o contrato?

— Não pense mais nele.

Pat olhou para mim e saiu-se com esta:

— Agora ponho o vestido e vou para a festinha.

— Vai nada! — bradou o anão. — Você vai é trepar até não poder mais.

— Ju, benzoca, deixe isso para amanhã.

— Já viu alguém adiar tesão? Vá tirar o maiô. Eu a espero no quarto. E você, escriba, se quiser pode ir dormir. Hoje não tem sopa dos pobres. Estou pagando trinta mil por esse michê.

Espirrando sem cessar, Jujuba foi para o quarto. Pat atrasou os passos antes de entrar no seu para tirar o maiô. Queria uma palavrinha comigo.

– Como você vê, não posso escapar dele. Mas não faz mal. O contrato está comigo e amanhã nós registramos.

– Tem certeza de que o contrato está com você?

– Guardei ele na bolsa.

– Não está mais na bolsa, pipoca.

– Como sabe?

– O Jujuba me disse que roubou e escondeu nalguma parte.

Pat correu para o quarto e abriu a bolsa. Fiquei na porta, espiando, com receio de que o nanico aparecesse.

– Desgraçado! Filho da mãe! Roubou mesmo!

– Não se pode confiar nesse cara.

– Mas se é assim, na minha bunda ele não põe.

– O que vai fazer, verdinha?

– Saia daí, escriba. Vou vestir a roupa.

– Pat, eu...

– Saia! Já estou com o saco cheio de tudo!

Afastei-me e em poucos passos apanhei a garrafa bojuda. Virei-a na garganta. Não sabia se tinha ou não o controle da situação e estava com medo de que o tiro saísse pela culatra. Tudo é uma questão de sorte, e eu sempre fora razoavelmente cagado. Foram aqueles uns dos piores momentos da noite.

O Jujuba saiu do quarto com um robe marrom.

– Onde está a verdinha?

– No quarto de hóspedes, chefinho.

– Que puta demora é essa?

– Acho que vou dormir, chefinho. Deixo vocês à vontade, já que não vai haver sopa.

Acho que cheguei a dar uns passos na direção do corredor quando a verdinha estourou no living, já vestida, com a cara fechada, os peitões arfando. Estava uma fera sem aquele verniz da manhã, como ela era mesmo, a do rebolado, acostumada a toda sorte de sacanagem, com ódio recalcado de tudo e farta de ter que abrir as pernas para viver.

– Vou embora, cavalheiros! – anunciou.

– O que aconteceu, boneca?

– Vocês são uns pilantras! Roubaram o contrato de minha bolsa.

O anão passou à ofensiva:

— Ah, estava na bolsa? Então a ladrona é você. A pilantra é você. A mafiosa! Não sabe lidar com gente de respeito! É uma pistoleira como qualquer outra.

A vedete fincou as mãos na cintura, ficando feia pela primeira vez desde que a conhecera.

— Afanei porque queriam me enganar. Depois da farra, me davam um pontapé e me jogavam na rua.

— Espere um pouco, verdinha. Vamos conversar.

— Vá conversar com sua avó, nanico!

Jujuba tinha uma nova e franca proposta a fazer.

— Certo, verdinha. O contrato era de araque, mas posso lhe dar uma boa grana. Você vai sair daqui com o rabo cheio de dinheiro.

Por cima da cabeça do anão, apontei o vaso, temendo que o diabinho pudesse enredá-la. A verdinha entendeu e disfarçadamente, rebolativa, aproximou-se da cantoreira.

— Pensam que não vi onde esconderam? — disse, me salvando com a colocação no plural. E retirando o contrato do vaso, correu para a porta, em fuga, socando os tacos no assoalho.

O lance da clorofila desnorteou o Jujuba, que, apenas para mostrar reação, tentou chegar antes que ela à porta da entrada. Pat, a atlética, deu-lhe um drible e disparou agora para o interior da casa, vomitando os maiores palavrões. Parecia um bispo de xadrez, deslocando-se na diagonal.

O anão foi persegui-la e afocinhou no tapete.

— Deixe ela pra mim, chefinho — disse, voando pelo corredor.

A vedete ignorava que o Castelinho não tinha saída livre para a rua, cercado pelo jardim, e que a porta dos fundos era fechada por fora pelos serviçais. Entrei na cozinha e para minha surpresa vi Pat Alvarado junto à pia, toda trêmula, com o contrato na mão. Apavorada, ela que na cena anterior parecia uma leoa, uma puta da zona disposta a virar a mesa. Sorri amigavelmente para que Pat ficasse tranqüila e confiante no intelectual que a estimava.

— Minha querida amiga...

Era seu amigo secreto, o sereno homem de letras, o escriba balofo que só queria o bem das criaturas.

— Você veio me pegar?

— Veja o que vou fazer, Pat. Veja bem. — Era uma idéia prova-

29

velmente lembrada de um dos romances de Max Pylon, parece-me que *Um Grito no Escuro*.

– O que vai fazer?

– Isto.

Abri a caixa de eletricidade e desliguei a chave geral. A voz de Pat ficou diferente no escuro, todas as vozes ficam diferentes no escuro.

– Por quê?

– O Jujuba não alcança a caixa. É pequeno demais.

– E eu, o que faço?

– Segure bem seu contrato e espere. Vamos dar um jeito de você escapar. O murinho da frente é muito baixo. Sempre pulo ele quando esqueço a chave.

Voltei ao living, às escuras, já ouvindo os protestos do chefinho.

– Que porra foi essa?

– A merda da Light. Ontem foi a mesma coisa.

– Não tinham outra hora para cortar a luz? Olhe, vá lá na copa e pegue um maço de velas. Preciso encontrar aquela pistoleira.

Fui tateando até o armário da copa. Chamei baixinho por Pat, mas ela não estava lá. Onde teria ido? A primeira coisa em que toquei no armário foi justamente o maço de velas. Zás na cisterna. Voltei ao living com meu isqueiro aceso.

– Nada de velas, chefinho!

O Jujuba foi mover-se e chutou uma banqueta. Continuou a andar na direção da carreta e logo eu ouvia o ruído de líquido despejado num copo. Depois, um espirro. Fizera-lhe mal entrar nu na piscina.

– Onde será que se meteu a vaca?

– Vamos esperar a luz voltar, chefinho.

– Pela frente ela não sai – disse o nanico com um segredo que eu desconhecia.

– Puxa, como bebemos hoje! Vamos cochilar no divã.

Jujuba protestou, atingindo-me com um tapa no braço.

– Cochilar na hora do brinquedo? Vá buscar minha lanterna.

Assustado com esse plá, fui para a biblioteca com muito medo do que podia acontecer. Ao entrar chamei por Pat, como fizera na cozinha, e mais uma vez não obtive resposta. A vivalda devia estar bem escondida com seu contrato. Abri a gaveta. A lanterna eu não podia jogar fora; liguei-a e voltei ao encontro do anão.

– Passe isso pra cá, veadão.

– Pode deixar, chefinho, vou procurar a verdinha. Fique descansando aí.

– Quem disse que estou cansado, fresco? Me dê a lanterna.

Realmente para Jujuba se apagar precisava muito álcool, muita bolinha. Muitas vezes farreava até a manhã seguinte, tomava banho e ia enfrentar a câmara de televisão para a alegria da gurizada. Apenas uma vez eu e o mordomo tivemos que tirá-lo da piscina vazia, onde desmaiara após uma orgia romana.

Vi o facho de luz afastando-se na direção da copa. Se o Jujuba encontrasse Pat, eu não saberia o que fazer. A primeira grande oportunidade fora perdida e agora apenas influía nos acontecimentos sem dominá-los. Sentei-me na banqueta, depois de me servir nova dose. Só me restava beber e esperar.

Ouvi uma voz de *jingle*, a inconfundível voz do príncipe da massificação, mas somente a música era a conhecida dos Biscoitos Mirim, cantada nos auditórios. A letra Jujuba improvisara para a situação.

Venha Pat, Patinha,
venha, venha, minha verdinha,
vamos dar uma trepada bacana,
vamos brincar de gincana,
unda, eta, alho.

A musiquinha me fez um mal desgraçado, talvez por causa do escuro e do eco dos cômodos quase vazios do Castelinho.

Unda, eta, alho,
unda, eta, alho,
unda, eta, alho.

Boliram no meu braço. O perfume. Ela.

– Onde ele foi?

– Foi procurar você com a lanterna.

– Agora dá pra escapar.

– Então tire os sapatos, depressa.

Respirando fundo, a senhorita Pat Alvarado, da sociedade paulistana, acompanhou-me no escuro até a porta principal. Parece que chegou a despedir-se, balbuciando qualquer coisa de agradecimento. Girei a maçaneta, mas a porta não abriu. Forcei, nada.

– O nanico fechou com a chave.
– Não tem outra saída?
– Só pulando o muro, irmã.

Unda, eta, alho.
unda, eta, alho.

– Esconda-se atrás da cortina. Não se mexa.

Unda, eta, alho.

– Acho que ela evaporou, chefinho.
– A putinha deve ter subido nalgum lugar.
– Vai desistir ou vai continuar?
– Nunca desisto, escriba. Veja o que ela deixou cair. Um lenço. Aqui está a pista, veadão. Isso vai ajudar pacas.

O anão, feliz, afastou-se repetindo o estribilho de sua canção, que já começava a ficar macabro. No fundo do corredor, ouvi de novo sua voz:

– Quer apostar como a vacona aparece agora?

Não sabia qual era o plano do Jújuba, que nem sempre me confiava todos. E eu ficava bronqueado quando o monstro sagrado cismava de ter idéias próprias. Mas logo entendi e dei tudo por perdido. Marco e Pólo começaram a participar da gincana no escuro, libertos do canil. Rosnavam ferozes pelo living como lobos famintos. Eu já os vira estraçalhar um ladrãozinho no jardim e sabia como eram fiéis ao seu dono. Mais fiel do que eles, só eu mesmo.

– Só nos faltava a caça à raposa, escriba!

Não achei graça alguma, aterrorizado, e chamei os cães pelos nomes, procurando detê-los. Atrás de mim, o micrômegas gargalhava e repetia *unda, eta, alho.* Saltei diante da cortina, fazendo barreira para Patrícia e no movimento brusco derrubei uma estatueta. Tive a impressão de que uma escultura de dois metros desabara aos meus pés. Então Pat gritou, um grito longo e inteiriço. Não ouvi

32

seus sapatos, pois tirara-os, mas o jato frio de luz da lanterna a alcançou quando ela cruzava o living a caminho da piscina. O ruído do corpo caindo na água encheu o jardim.

Jujuba e seus cães correram para fora. Ele gargalhava, feliz com tudo, e firmando-se no estribilho.

Unda, eta, alho,
unda, eta, alho.

Fui também para o jardim, aquela hora com o odor forte das magnólias. Marco e Pólo volteavam a piscina, latindo. Vi Pat nadando em círculos a olhar para o Castelinho. Jujuba virou a garrafa na boca e tomou o maior gole da temporada. Fiquei atrás dele, mais confuso do que nunca.

– O que vai fazer, chefinho?
– Esperar, escriba. Agora, sim, é esperar.

Unda, eta, alho.

– Vai ter que esperar até amanhã.
– Por quê?
– Para ela a piscina dá pé. Veja o nível como desceu – apontei. – Pat nem precisará nadar.

A observação bateu em cheio no alvo. A verdinha não sairia da piscina nunca com aqueles galgos rondando. Continuava nadando em círculos sem nenhum protesto a olhar o grupo que se instalara à margem e acompanhando os giros de Marco e Pólo.

Unda, eta, alho.

– Vá pegar ela – sugeri.
– Quer ouvir mais espirros, veadão?
– Assim vai ficar monótono, chefinho. Tome mais um gole e mergulhe.

Jujuba virou novamente a garrafa bojuda na boca e piscou-me.

Unda, eta, alho.

Jogou o robe na grama, e outra vez nu, atirou-se na água soltando um grito de guerra. Agindo depressa, chamei Marco e Pólo e até arrastei um deles pela coleira, me esforçando para levá-los de volta ao canil. Depois, voltei ao jardim, ouvindo as gargalhadas de Jujuba, que tentava segurar Pat. Pisando na borda da piscina, fiz um sinal para a senhorita Alvarado. Ela veio nadando. Baixei o braço mais que pude, finquei os pés no cimento e numa só arrancada tirei-a das águas.

Meu amado patrão se pôs a gritar:

— Eh, veadão, me tire daqui!

— Espere, chefinho, vou dar um uísque à nossa convidada.

— Não posso sair, calhorda. O nível desceu — esganiçou o Jujuba, procurando saltar na água para em vão jogar o corpo para fora. Vendo-o assim nu, na penumbra do jardim, ocorreu-me por que fora ele eleito o ídolo cotidiano da criançada: é que não era um ser disforme, como a maioria dos anões, mas um homem em miniatura, um truque fotográfico, um duende que um dia começaria a crescer até o tamanho normal para afinal casar-se com uma princesa.

Pat, doida para sair de lá, puxou-me pelo braço.

— Não tire ele, não tire ele ainda.

— Vamos pra dentro.

Ao dar os primeiros passos no living às escuras, lembrei da lanterna que vira sobre a relva da piscina. Foi duro, muito duro ter que voltar para apanhá-la. Embora me abaixasse, o chefinho, num dos seus saltos de peixe, conseguiu me ver e rompeu num berreiro apenas interrompido pelos goles de água que bebia em seu esforço e convulsão.

Guiei Pat para o quarto com o jato de luz apontado para o chão.

— Não posso sair assim com esse vestido ensopado.

— Claro que não pode. Há diversos no guarda-roupa — eu disse, abrindo o móvel. — São das figurantes do programa. Pegue qualquer um.

Estávamos perto um do outro, muito perto:

— Saia que vou trocar...

— Deixe de frescura, Pat.

Ouvi o ruído do vestido que se despregava do corpo úmido de Pat. O sutiã foi mais fácil. Mas as calças estavam muito coladas, teve que enfiar o dedo na carne para arrancá-las.
Movi a lanterna ligada em sua direção.

Unda, eta, alho,
unda, eta, alho.

A vedete-clorofila, sob o *spot-light*, afinal despiu-se completamente para o moço da primeira fila. Apontava a lanterna como quem aponta um revólver. As mãos de Pat, cruzando no vértice das coxas, fizeram barreira sobre os pêlos. Lancei o jato de luz nos olhos dela. Ela defendeu os olhos com as mãos. Baixei a lanterna. Ela repetiu o gesto. Subi a lanterna. Ela voltou a proteger os olhos. Desci a lanterna. Ela desceu as mãos. Fui de novo aos olhos.

Unda, eta, alho.

— Pare com isso, escriba.
Era tão burra que pensava que escriba fosse meu nome.
— Vamos, Pat, deite no tapete.
— Quero ir embora.
— Então vá, pode ir.
— Nua?
— Nua.
Xeque-mate: uma mulher nua não pode ir a nenhum lugar. Depois havia o contrato.
Amoleceu a voz:
— E o Jujuba?
— Está na piscina.
— Ele sabe boiar?
— Vamos, deite no tapete.
— Então faça depressa.
Não dá para descrever. É difícil, não sei. Só digo uma coisa: ela parecia feita de espuma de borracha, um material muito macio que cedia com meu peso. O que funcionava muito era a cabeça, as recordações. Eu me via comprando ingressos, centenas, diante do guichê, e depois já no teatro, assistindo ao *strip* juntamente com

quinhentos sósias meus. Mas havia um ponto, um tipo estrangeirado na caixa do ponto, que se levantou e cumprimentou-me: era Max Pylon, o escritor, com um livro na mão, o seu *A Morte na Piscina*. Também não sei quanto tempo aquilo demorou. A princípio ela protestou, queria uma de coelho, mas as bolinhas não deixaram a gente chegar lá, numa onda que não terminava nunca. Pat, por fim, acabou gostando da demora e subitamente ficou louca, abrindo-se toda e passiva para *Mr.* Hide, o macaco peludo, nosso avô. Tive que me equilibrar bem e fincar as garras de lado, quando ela começou a rebolar convulsivamente sobre o tapete. Parecia, me perdoem, uma máquina de fazer sacanagem, que consumia todo o meu gás. Para manter-me bem macho tive que arremessar meus pensamentos para longe, desligá-lo do cenário e fixá-lo nas coisas mais puras e assexuadas. Quando ela diminuiu o ritmo, como se fosse afrouxar, os pêlos de *Mr.* Hide lhe faziam cócegas e tudo recomeçava.

Pat foi quem levantou primeiro, sei lá quanto tempo depois. Tentei ajudá-la a vestir-se, apontando a lanterna para suas mãos, mas o vestido que ela pegara não servia. Fui à área de serviço e liguei a força. Quando voltei, a senhorita Alvarado vestia uma elegante saia amarela.

— Me arranje um papel – pediu.
— Pra quê?
— Pra embrulhar meu vestido.
— Aí tem um pedaço de plástico.

Ao vê-la ainda semidespida, ouvi o versinho "unda, eta, alho" e tudo quase se reinicia. Mas ela me empurrou com firmeza:

— Deixe disso, escriba. Não está satisfeito? Vamos embora.

Pat embrulhou o vestido no plástico e pegou a bolsa com o contrato.

— Não esqueceu de nada?

Ela então levou um bruto choque:

— E o anão? A gente esqueceu dele.
— Deve estar na piscina.
— Ainda?
— Ele não podia sair, lembra?

Pat disparou para o jardim, envolvida num inquietante silêncio. Tudo estava parado, deserto, irreal. Ela me olhou com uma espantosa expressão no rosto. Queria falar e não conseguia. Devia querer perguntar quanto tempo tínhamos estado sobre o tapete.

– Onde está ele? Vamos procurar na casa.

Olhei as águas quietas.

– Não, Pat. Ele está lá embaixo.

– Como sabe?

– Olhe naquele canto. Ele está lá.

Pat não quis olhar. Olhou para a bolsa, onde estava o contrato.

– E agora?

– Vamos cair fora, senão vão acusar a gente de ter matado o anão.

A senhorita Alvarado correu logo para a porta principal. Girou a maçaneta dum lado e outro, aflita. Quando notou que a porta estava fechada ficou aterrorizada.

– A chave está no bolso do robe, lá embaixo. Melhor assim. É a prova de que estava sozinho.

Obrigado, Max Pylon!

Voltamos ao jardim e pulamos o muro, muito baixo, quase decorativo, quando vimos o Mustang "sob as árvores gotejantes do Parque de Liliput". A neblina nos escondia bem, isolava-nos na noite, mas Pat, a covarde, não se conteve e desatou a correr com a respiração descontrolada, os peitos pulando, sem olhar para trás; eu, inimigo dos esforços físicos, tive que segui-la no mesmo ritmo de susto, embora exausto da batalha que travara sobre o tapete. Segurei a mão da vedete e corremos como doidos pelas alamedas desertas do aristocrático bairro, através de ruas, quarteirões, pracinhas, subidas e descidas. Com gotículas de orvalho no rosto e vendo as mesmas gotículas no rosto de Pat, corremos através do tempo também. Entramos num cemitério, repleto de crianças uniformizadas, com a pobre Belinha em pranto ao lado do papai, onde li uma verdadeira peça literária, o adeus ao ídolo da futurosa criançada desta jovem nação; vi o pequenino caixão descer à sepultura e o diretor-presidente dos Biscoitos Mirim chorar nos ombros do diretor-presidente da TV Ipiranga, e este por sua vez chorar no ombro do diretor-presidente do Ibope. Terminei o discurso cumprimentado pelas professoras do curso primário, e voltamos a correr, eu e Pat, numa paralela que se apartava.

37

Corri de volta à quitinete, aos sanduíches de mortadela e aos romances de Max Pylon. Corri de regresso ao ponto de partida para começar tudo de novo. E Patrícia, Pat, Patinha, *unda, eta, alho?* Acham que poderia esquecer essa música de inspirada composição de meu ex e querido chefinho, que não canso de exaltar? Pat também correu, e eu, correndo, corri a um aeroporto ensolarado, onde a vi novamente verdinha, resplandecente, em rumo aéreo à progressista cidade de Caracas, indócil na fita, mas segura pelas rédeas firmes de um empresário vigarista (Eh, Pat, olhe pra cá), um tipo muito manjado na Boca (Pat, sou eu, o escriba), mafioso escrachado nos jornais (Você vai voltar, Pat, jura que volta?) por quem, como fiquei sabendo mais tarde, a senhorita Patrícia Alvarado, minha gama, tara e cúmplice, era estupidamente apaixonada.

Adeus, Pat!

Adeus, Jujuba, mentor e delícia da criançada, a quem idolatrarei até meus últimos dias.

O dicionarista

*Para
Egídio Écio*

A

Adnotação, s.f. Resposta do Papa a uma súplica, pela simples aposição da assinatura. Isso quando estava na letra A, uma fase menos tumultuada, antes de conhecer Marina e com o DKW funcionando bem, ainda não trombado. Tio Gumercindo, o avarento e ex-cornudo, sofrera o segundo enfarte e tudo indicava que em breve daria com o rabo na cerca. Não podia, portanto, se queixar. Acrescente-se que a letra A fora muito chupada de outros dicionários, principalmente do *Pequeno Dicionário Brasileiro da Língua Portuguesa,* e com aquela disposição impulsiva das tarefas em início. No embalo, João Batista chegou inclusive a prometer entregar o calhamaço até dezembro, promessa que não pôde cumprir.

Imóvel na cama, o viúvo repousava ouvindo a metralhadora Underwood do sobrinho, incansável dia e noite. Fazer dicionário é serviço de tricoteira, vicioso, instintivo, contínuo. Mesmo forçado a dividir a atenção com gente em casa, a televisão ligada, a Rita entrando e saindo, o tio chamando, João não tirava a bunda da cadeira. Não seria assim, aliás nem teria pleiteado o serviço se o velhote resolvesse pagar uma enfermeira. Mas ele, nas vésperas da morte, continuava o mesmo unha-de-fome.

– A Rita cuida de mim.
– A Rita é criada, tio. E criada burra.
– Se eu morrer, João, você logo ficará sabendo.
– Vou trabalhar aqui, tio.
– E o jornal?
– Mandei o jornal às favas. Vou fazer um dicionário.

João não era dicionarista nem filólogo nem lecionava português nos cursos de madureza, mas em compensação era organizado. Assim que a oportunidade surgiu, ofereceu-se na editora para fazer o trabalho pela metade do preço pedido por um membro da Academia Paulista de Letras. Assinou o contrato.

Alanhar, v. t. Fazer lanho em; golpear; esfaquear; estripar (o peixe); oprimir. Valia a pena esse sacrifício? Valia. Gumercindo com quase setenta anos vivera demais, enquanto ele, já com quarenta, vivera de menos, vivera nada. O velhote, ex-marceneiro, tivera um intervalo de lucidez na década de 1950. Fora um dos primeiros homens simples desta cidade a acreditar na matemática dos investimentos. Ao enviuvar, vendeu um terreninho onde hoje passa a Marginal, vendeu cacarecos, tirou dinheiro da Caixa Econômica e aplicou tudo nos fundos. O corretor aconselhou-o a não retirar os juros, usando a surrada imagem da bola de neve, conhecem, não? Gumercindo gostou da comparação, o dinheiro rolando e engrossando, de incomparável beleza para os gananciosos, e jamais retirou um único centavo do Fundo com receio de que a aludida bola parasse e minguasse. Ao sofrer o primeiro enfarte, o sobrinho murmurou: "É agora", mas não era. Aposentou-se para prolongar a vida e, naturalmente, reduziu as despesas de roupas e condução, não precisando frear a marcha triunfante da bola. Quanto à criada e impostos da casa, João Batista pagaria.

B

"Quanto será que tio Guma tem nos Fundos?" Era a pergunta mais freqüente que João se fazia. Muitas vezes vira o velho fazer contas intermináveis em papel de embrulho, cujos resultados finais eram sorrisos. Planejou apossar-se dos cálculos, mas descobriu que o tio costumava rasgar os papéis e jogá-los na bacia da privada. Só as fezes conheciam seu segredo.

Foi justamente na letra B, quando Batista registrava o vocábulo *Babélico, adj. relativo a Babel, confuso, desordenado*, que sofreu um dos maiores impactos. O tio, na hora do almoço, alardeou saúde, disse que já se sentia outro e que em breve faria uma viagem à Europa. Desde que se conhecia por gente, Batista ouvia o Guma sonhar esse sonho bem alto, mas antes não tinha dinheiro. Agora tinha os Fundos.

– Titio, é muito arriscado.
– A gente só vive uma vez, João.
– Mas não temos parentes na Europa!
– Que diferença faz morrer em São Paulo, Roma ou Paris? Faz?

Batista concordou para esconder a cobiça. Voltou à máquina. O que era botomamancia? Quanto o tio gastaria na Europa? Sobraria alguma coisa para ele? *Botomamancia, s. f. Suposta arte de adivinhar por meio de plantas*. O B estava muito chato. João largou o trabalho e foi dar uma volta de carro. O DKW subiu a Angélica rumo ao Jardim América, passeio predileto do dicionarista. Gostava de dirigir lentamente, com os olhos nas mansões aristocráticas. Supondo que tio Gumercindo tivesse dado ao corretor dez mil cruzeiros em 1950... Ou teria sido mais? Mesmo em 1950 o terreno não poderia ter valido menos. E as adições? Lembrou-se da indenização de 1956, quando o velhote recebera o bilhete azul depois de vinte anos de trabalho numa fábrica de móveis. Certamente enfiara tudo nos Fundos. Difícil de calcular. Mas, no mínimo, teria uns trezentos mil. Puro palpite, na verdade. O mais acertado seria perguntar a um agente de investimentos. "Por favor, cavalheiro, me diga quanto teria hoje uma pessoa que em 1950 tivesse investido dez mil cruzeiros e uns sessenta em 1956, sem nunca ter retirado um único centavo do capital ou dos juros?"

Com a letra B na cabeça (parara em botonomante), Batista não conseguiu prolongar muito o passeio. Já guardava o carro na garagem-estacionamento da esquina, a cem passos de sua casa, diante do supermercado do bairro, quando alguém o chamou.

– Não me conhece mais? Outro dia o cumprimentei e você nem me reconheceu. Sou o Carvalho.
– Claro que lembro de você, meu chapa. A gente não se vê desde as eleições.
– Meu deputado, se recorda dele?, me deu o cano e tive que pagar até seus anúncios.

Agora, sim, Batista lembrava. Carvalho era cabo eleitoral profissional. Nas épocas de eleições seu nome circulava pelos partidos como o de um grande eleitor. Sua força estava num clube esportivo, o Corinthians, cujos associados ele arrebanhava para as urnas.

— Você evaporou, Carvalho! Que foi que houve?

— Desde a Revolução que não acerto mais o pé. Agora vendo terrenos, mas já vendi mil coisas, até arame, até cachorros de raça.

— Mora por aqui?

— Naquele prédio, segundo andar. Apareça pra gente encher a cara.

Batista voltou ao B. *Bundões, s. m. (Bras. Bahia). Designação de um grupo de garimpeiros, jagunços e criminosos do sertão baiano que, filiados a uma facção política, praticavam desatinos.* Era pecado desejar a morte de um tio, mesmo se o desejo era desacompanhado de ódio? Gostava até do tio Gumercindo e respeitava seu espírito de previdência. Via-se, todo de preto, ajoelhado, de mãos postas, nas missas de 7º dia, 30º dia e 1º ano. Ergueria um belo túmulo num dos bons cemitérios e não faltaria nos dias de Finados. Faria tudo isso com uma condição: "Não vá viajar, tio. O que a Europa tem que nós não temos? Não torre o dinheiro para ver velharias. Deixe a bola crescer. Veja que linda bola de neve o senhor fez, tiozinho!"

Trabalhou no dicionário até *Bytownita*, o último vocábulo da letra B.

C

Apesar da orgia vocabular da véspera, Batista levantou-se cedo e levou uma xícara de café com leite para a máquina. Pá-pá-pá: *caabá*; pá-pá-pá: *caatinga*; pá-pá-pá: *cabeça-de-burro*; pá-pá-pá: *cabeçudo*. Na hora do almoço o sorriso de tio Gumercindo lhe tirou a fome.

— Parto no princípio do mês, João.

— Vai de navio ou avião?

— Navio é mais seguro.

— Compre a passagem a prestação, tio.

— Pago na ficha, não é problema.

A grande e torturante pergunta:

– Quando volta?

A cruel e lacônica resposta:

– Quando enjoar.

No fim da tarde Batista trocou a fita da máquina. Os dedos doíam. Os olhos doíam. A cabeça doía. Chegara a *calculista*. (*V. Calculador*). Não agüentava mais, sem estímulo. Precisava de ar puro, dum trago. Pegou o DKW, pensando em entrar num inferninho, dormir com a primeira que aparecesse, torrar dinheiro. Mas que dinheiro? A editora não lhe dera um cruzeiro aquela semana. Lembrou do Carvalho. Com ele ao menos beberia de graça: "naquele prédio, segundo andar".

Carvalho abriu a porta:

– Que palavra, homem! Gostei de ver. Vamos entrando.

A primeira hora foi mais chata do que Batista esperava. Os dois orgulhos do Carvalho, um de sete e outro de nove, não estavam com sono.

– Cantem para o moço aquela musiquinha da televisão.

Os dois capetas não se fizeram de rogados. Cantaram todo o repertório de *jingles* da televisão. Batista, então, percebendo que o Carvalho era um beócio (*da Beócia, província da Grécia antiga; dialeto dessa província; curto de inteligência, simplório*) reforçou a dose de uísque, felizmente sobre a mesa, e desligou-se.

A voz da mãe, vinda do quarto, pôs fim ao *show*. Os dois meninos, em despedida, cantaram o *jingle* de certa marca de cobertor, beijaram o pai e o visitante e foram para o inferno.

– Os meninos de hoje são mais inteligentes do que éramos em nosso tempo.

– É o que sempre digo, Carvalho.

– Continua solteiro?

– Tenho um tio para cuidar.

A esposa do Carvalho só lá apareceu pelas onze, intimidada com a primeira visita que o casal recebia em dez anos. Batista julgava que ia ver um bofe, mas se enganara de redondo. Mulher era aquilo, apesar do aspecto caseiro.

– Muito prazer, adorei os meninos.

– Por que não trouxe sua senhora?

– Esse não é trouxa, Marina. É solteirinho-da-silva.

Já com três doses no caco e com ódio do mundo, Batista soltou a língua para exibir-se. Qualquer que fosse o assunto, embarcava. Queria fazer bonito para impressionar a mulher do Carvalho. Com ele era ouvir e aprender.

– Puxa, como o senhor sabe coisas! – espantou-se Marina.

O marido, já sonolento, interviu:

– Este? Mas ele está fazendo um dicionário, filha. Não pensa que é pouca porcaria, não.

– Carvalho, não seja grosso!

Ah, então ela já notara que o marido era grosso? Então Batista ia demonstrar que era mais grosso ainda. Sem nenhum propósito falou de Freud, Proust, Marx, Darwin, e outros do mês, empolando a voz e crescendo na sala. Saiu de lá depois das duas, chumbado, trocando as pernas, mas muito senhor de si.

Caramunha, caranguejar, caravana, cardeal. A letra C chegara ao fim e o sofrimento do Batista mal começara. À tarde, o velho meio empertigado foi ao empório e telefonou a uma agência de turismo para obter preços. Bons preços, hoje só não viaja quem não quer.

– Então o senhor vai mesmo?

– Claro que vou.

D

Consoante linguodental explosiva sonora. João entrou febril no D, preocupação. Passou a depender de um litro de conhaque na gaveta. Se o tio morresse em viagem, ainda bem. O pior seria se se apagasse na volta, depois de ter esbanjado o tutu. E, pior ainda, se gastasse tanto lá que o pobre do sobrinho tivesse que lhe financiar o regresso. Mas tinha também seus momentos de otimismo: Gumercindo, passeando em Pisa, soterrado pela famosa torre que afinal resolvera cair. Gumercindo em Veneza, submergindo, borbulhante, numa gôndola furada. Gumercindo numa praça de touros em Madri, chifrado por um miúra que avançara enlouquecido sobre o público. Gumercindo, em Londres, perdido no *fog* e caindo numa ponte sobre o Tâmisa. Pá-pá-pá: *dádiva*; *data*; pá-pá-pá: *dedicar*; pá-pá-pá: *decano*.

A Rita:

— Seu João, tem um homem aí que procura seu tio.

— Mande entrar.

Entrou, bem-vestido, com pasta.

— Sou da agência de turismo.

Quase que entende funerária.

— Meu tio está no quarto, vá entrando.

A melhor coisa que aconteceu a Batista na letra D foi um encontro com Marina no supermercado. De dia era ainda mais boa.

— Queria me desculpar... Outra noite devo ter aborrecido vocês.

— A gente nunca se divertiu tanto! Olhe, hoje vou fazer bolinhos de bacalhau, o senhor passa?

A segunda visita foi diferente. Carvalho estava disposto a contra-atacar. Tomou a palavra já meio mamado quando o amigo chegou. Certamente queria fazer jogo de personalidade com a mulher, que estreava um vestido com um tremendo decote. Mas seus temas, embora altissonantes, eram duma pobreza de dar pena. O futebol era seu plá, sua gama, sua cultura. Batista bebia, sem comentários, para que Marina sentisse a diferença que os separava. O mais encorpado, mais tosco era o corintiano. O mais magro, mais cedinado, era o dicionarista.

Às tantas, como João previa, o torcedor começou a baquear, bebum. Iniciou, então, a fase do flerte, os olhares oblíquos, os sorrisos de canto de boca, o tom de voz especial. Num feliz intervalo em que o marido foi ao banheiro, Batista rompeu o mutismo e aproveitou para papear. Concentrou-se no vestido. Ah, também de modas o vizinho entendia.

— O Carvalho nunca repara quando uso um vestido novo.

— A maioria é assim.

— Mas o senhor não é.

— Pare com isso de me chamar de senhor. João, tá?

Batista, coitado, não era um conquistador nem um paquerador. É que ele não agüentava a tensão. Se não tirasse o pensamento do tio, explodia. Precisava *descontrair, distrair, desanuviar, desconcentrar.*

No dia seguinte, o homem do turismo voltou para receber o cheque. O passaporte já estava a caminho. Dia marcado para o embarque.

– A passagem, seu Gumercindo.

Gumercindo pegou a passagem, despediu-se do agente e foi indo com um jeito esquisito para o quarto, enquanto Batista malhava a letra D. De repente, o dicionarista ouviu no quarto um baque surdo.

Correu para o quarto do tio.

– Rita! Rita! Me ajude aqui!

E

Não houve viagem para a Europa. A passagem foi devolvida, o dinheiro resgatado e devolvido ao Fundo. A bola de novo continuaria a aumentar. Batista viu nesse fato o destino: o dinheiro seria seu. Muito confiante, acompanhou o tio ao eletrocardiograma. Aparentemente o velho estava bom, mas o coração é fogo.

Aquele mesmo dia, de bom humor, encontrou Marina perto de sua casa. Bolando um plano, falou-lhe da doença do tio, lamentando que o velhinho não pudesse alimentar-se bem porque a Rita, a criada, era a pior cozinheira do mundo e não sabia preparar nada de substancioso. Marina mordeu a isca e ofereceu-se a ensinar a crioula.

– Olhe, seria a salvação do titio.

O que o JB queria era a Marina perto dele.

Ebulição, ecbólico, eciano, eclético.

Marina, muito prestativa, depois de apresentada ao Gumercindo, acompanhou a Rita à cozinha. Minutos depois, um cheiro bom invadia toda a casa.

A letra E, vogal palatal, a quinta do alfabeto, foi das mais felizes ao Batista. Culinária é matéria longa. Há sempre muito que ensinar, principalmente quando a aluna é dura de aprender. Diariamente Marina lecionava, com o JB sempre por perto. Dessa convivência doméstica, vieram as confissões. Sobre o marido disse até mais do que o João queria ouvir.

– Carvalho é aquilo que você sabe. Fora do futebol, não entende nada. Sabia que por duas vezes estivemos pra nos separar?

– Mas ele gosta de você, não?

– Gosta mais do Corinthians.

— Então deve andar muito infeliz.
— Nem fale. Quando o time perde se vinga até nos filhos.

Não parou aí; começou a descer a lenha no marido, afirmando que sobretudo era um mau-caráter e um caloteiro. Morria de vergonha dele. Pronto. Batista já podia saltar para a segunda fase do diagnóstico, enquanto o velhinho agonizava no quarto.

F

Consoante labiodental fricativa surda. Qual seria a segunda fase? Batista já possuía a radiografia do marido. Agora precisava da biópsia da esposa. Como ela era por dentro? Quais suas preferências e ambições? Até onde sonhava ir na vida?

Enquanto uma suculenta sopa estava no fogo, Marina foi espiar o JB trabalhando. Viu a biblioteca, foi lendo as lombadas dos livros. Na juventude lera alguns, todos na linha de *O Moço Loiro*, mas para mostrar que não era qualquer uma, disse detestar telenovelas.

— Com o marido que tenho posso ser atualizada, posso? Que boquinha! Nhac!

— Vou lhe emprestar uns. Mas são fortes. Carvalho não vai estrilar?

— Carvalho? Ele jamais leu um livro na vida. Empreste, sim.

A área do Corinthians estava livre. Batista puxou da estante um de Henry Miller, outro do Baldwin e um Morávia para que além de excitada ela se sentisse um pouco nostálgica. Com autoridade de dicionarista, disse:

— Não se choque com as palavras fortes e com os atos sexuais aí relatados. O importante é o sentido social desses livros. São obras sérias que esclarecem muita coisa sobre a vida e as criaturas...

Fabulista, falecer, famulento. Marina lia depressa. Numa semana consumiu três romances, gostando de todos. JB emprestou-lhe outros, entre eles um de Scott Fitzgerald, que era da pesada, mas que lhe faria ver a merda de vida que levava com o marido. Quando devolveu estes, veio chorando. O estúpido lhe dera um tapa durante uma briga.

— Vou me separar dele.

— Amanhã farão as pazes. Quer que eu seja a Pomba da Paz?

— Que paz? Que pomba? Quero o desquite.

Batista, na máquina, continua a malhar o F. *Frouxo, frufru, frustrado*. A mão de paina de Marina pousou-lhe no ombro, o primeiro gesto de intimidade, o primeiro contato formal.

— Como é o mundo! Carvalho, com aquele físico, discutindo futebol, e você se matando para sustentar o tio.

JB fez cara de boa gente, embora pudesse ser sexualmente negativa a imagem do pobre homem que só pensa em trabalhar e mais nada.

— Não sei, Marina, talvez eu seja um grande interesseiro. Sabia que titio é muito rico? Se ele morrer, vou herdar uns trezentos milhões.

Marina acariciou-lhe os cabelos:

— Mas você não quer isso, e nem vai acontecer.

— Acha que o velho escapa?

— Comendo como ele está, claro que escapa!

G

Consoante gutural explosiva sonora. JB foi espiar o velho no quarto, mas o velho não estava no quarto. Encontrou-o na cozinha, esperando a mulata Rita servir-lhe o almoço. Teve a impressão que o veterano Guma arribara e engordara. Seu pijama cheio de carne e não se apoiava em nada, empinadão.

— Vai pra cama, tio!

Gumercindo achou graça.

— Pra quê? Não vê como estou, João? A comida de sua amiga, a tal Marina, fez milagre. Mas a nossa Rita está aprendendo. Um bom prato vale mais que o melhor remédio.

JB concordou odiando a idéia que tivera. Se não tivesse levado a Marina para casa, o Guma talvez já tivesse se apagado. O sexo só aparece em cena para atrapalhar. Conquistara a confiança dela, mas afastara a esperança de se tornar rico.

Aquela noite, JB não quis nem o dicionário nem papo com Marina; foi ali no King's, boate mixuruca que freqüentava quando tinha algum. Largou-se numa cadeira, diante dum Cuba, e pediu ao garçom que chamasse a Magnólia, gerente do estabelecimento.

Mesmo no escuro a loirona Magnólia, que o conhecia do outro Carnaval, foi logo perguntando:

– O que há, Batista? Que cara é essa?

– Meu tio – disse JB.

– Nem sabia que tinha tio. O que houve com ele?

– Vou te contar.

H

A letra H, de *hábil*, de *haras*, de *hausto*, foi para JB uma letra de grandes jogadas. O tio realmente arribava; primeiro saiu do quarto, depois saiu da casa, indo até o bar da esquina. Estava reagindo, voltando a ler o jornal, a fazer contas, a conversar. Por outro lado, a Marina só o procurava para falar em desquite, não queria mais o marido.

Numa das noites dessa letra, JB foi ao apartamento do Carvalho, mas ele não estava. Tinha ido ao Pacaembu, ver o Corinthians. Como não podia demorar-se, por causa da vigilância das crianças, pediu para Marina acompanhá-lo até a porta do prédio. Por sorte, desceram sozinhos no elevador.

– Marina...

– Já chegamos.

– Vamos apertar o 10 de novo e subir.

– Pra quê?

JB avançou sobre Marina e deu-lhe o maior beijo da história daquele edifício. Foram do térreo ao décimo, voltaram ao térreo com as bocas coladas. Nenhum campeão olímpico de natação teria tanto fôlego. Chegou à rua tonto, mas não foi para casa. Entrou no DKW e foi ao King's.

Magnólia veio logo para confortá-lo.

– E o tio, continua vivo?

– O que faço, Mag, o que eu faço? Eu amo o meu tio, mas quero que ele morra.

Quando chegou em casa, Batista espirrava porque estava frio e chuvoso. A máquina estava lá, à espera dele, mas não teve ânimo para bater um vocábulo. Parou diante da porta do quarto do tio com uma idéia macabra. Entrou, pé ante pé, atravessou o quarto e abriu as janelas como quem as abrisse para a pneumonia ou a tuberculose galopante. Gumercindo estava bem agasalhado. Tirou-lhe o cobertor.

I

Iara, ignaro, ilha, ilícito.
– João, tive nova briga com o Carvalho.
Ímã, imane, imaturo, imbróglio.
– Veja isso no meu braço. O bruto me machucou.
Iminente, imissão, inimizade, imolado.
– Ontem mandei meu marido embora. Acabou.
Impacto, impenetrar, ímpio, imposição.
– Tio, o senhor espirrou?
– Não, foi a Rita.
– O senhor não está resfriado?
– Fique tranqüilo, João.

J

Consoante palatal fricativa sonora. JB preferiu apelar a outras idéias. Passando diante duma banca de jornal, teve uma. Lá estava um sortimento de revistas pornográficas oriundas de diversos países. A mais ingênua era o *Playboy*. Comprou algumas, meteu-as no DKW e foi para casa.

À hora do almoço, JB começou assim:
– Tio, o senhor viu como é que está ficando o mundo? Nas bancas só vendem imoralidades. Aposto que nunca viu essas revistas que estão por aí ao alcance até das crianças. Quer ver?
– Quero.

Batista pretendia matar o tio através da excitação sexual, que poderia ser fulminante para um homem de sua idade. Talvez bastasse o choque moral para assassiná-lo. Foi buscar as revistas e entregou-as ao ancião.

– Veja e depois pode jogar fora.

Em seguida, JB dirigiu-se ao apartamento de Marina. Seria a primeira oportunidade com ela em recinto fechado. Depois de folhear e refolhear aquelas revistas, ficara em ponto de bala. Com a mão no bolso, tocou a campainha.

Marina abriu a porta e arregalou os olhos.

– Que vem fazer aqui?

– Ora...

– Meu marido não está, brigamos.

– Já me disse, por isso que vim.

– Está querendo que os vizinhos fofoquem?

Bateu a porta.

Batista custou a entender. Aquela hora os garotos estavam na escola! Ia ser a maior farra! O jeito era voltar ao dicionário, meio empacado na letra J.

Pá-pá-pá: *jacaré*; pá-pá-pá: *jactância*; pá-pá-pá: *jambo*; pá-pá-pá: *janota*; pá-pá-pá: *jeitoso*.

O tio entrou na sala.

– Tem mais?

– Mais o quê?

– Revistas.

Ah, sim, revistas! As pornográficas!

– Já viu todas?

– Olhe, João, na minha idade nada é feio. Que mal faz ver essas fotos?

JB sonhara demais. Ninguém podia morrer ao simples manuseio de algumas revistas obscenas. A prova estava ali, o velho Guma vendo e gostando, querendo mais como uma criança diante de doces. Mais um plano que falhava. Precisava bolar algo mais forte, muito mais forte, uma verdadeira bomba.

Ainda no J Marina apareceu.

– Como vai seu tio?

– Eh, Marina, por que fez aquilo comigo? Por que bateu a porta?

– O que você pensa? Que sou alguma prostituta?

(Meretriz, michela, sabaneira, bruaca, frincha, caterina, mirais, madama, horizontal, rameira, tolerada, zoina.)

– Mais baixo, titio pode ouvir.

– Que me importa?

– Marina, sem isso o amor fica incompleto.

– Vou dar um beijinho no velho.

A letra J foi a de decepção, da exasperação, da masturbação. Marina não queria nada, ou melhor, queria tudo: segurança. *Juvira, s. m. (Bras.) Peixe-espada*. Fim do J.

K

K, letra do King's, onde o JB passou diversas noites conversando com a bonitona Magnólia, que conhecia todo o seu drama e que era já a sua conselheira. A gerente da cave tinha cuca, pensava muito antes de falar. Vinte anos de vida noturna lhe dera muita canja.

– Batista, deve haver um jeito.
– Que jeito?
– Por que não lhe apresenta uma das meninas? Isso, sim, poderia abalar o coração do velho. Temos a Consuelo, a Odete, a Waleska, a Guiomar.

JB sacudiu a cabeça:
– Titio merece coisa melhor. Depois, são irresponsáveis.
– Quem sabe a Maria Teresa, já não é mocinha, e fala muito bem. Sabe lidar com as pessoas. Os mais idosos morrem por ela.

O dicionarista conhecia superficialmente a Maria Teresa. Não gostou muito da sugestão. Mas tinha outra em vista, a única, a insubstituível, a ideal.

– Magnólia, só uma pessoa podia fazer esse serviço para mim.
– Quem, benzinho?
– Você.

L

Consoante linguodental líquida. Tio Gumercindo engordava, atrapalhava. JB tinha que acabar com isso. Se fosse um mau sujeito, o estrangularia numa daquelas noites, dava-lhe uma pancada na cabeça, mas não era. Queria que o irmão de sua mãe tivesse uma morte bonita, e morte bonita é com mulher na cama. Magnólia, com seus trinta e oito, era um broto perto dele. Uma mulher simpaticona, vistosa, cheirosa. Podia aparecer com ela na rua sem se envergonhar. Ficariam com inveja, isso sim.

Mas como aproximar o ex-marceneiro, o Guma do bairro, da Magnólia, proprietária do King's? Era o mesmo que promover um encontro entre o Sol e a Lua. Pá-pá-pá: *labareda*; pá-pá-pá: *lábio*; pá-pá-pá: *labor*; pá-pá-pá: *laçar*. E, ainda, se tivesse só nisso para pensar. Pá-pá-pá: *latrocínio*. Tinha o dicionário. Pá-pá-pá: *lavagem*. Tinha Marina. Uma obsessão no pior momento para acontecer.

Pá... pá... pá...

– Seu João, o senhor está branco!

Era a Rita.

– Onde está meu tio?

– Foi ao cinema.

– Cinema? À tarde?

– Ele disse que ia...

Gumercindo voltou com uma cara de maroto. JB quis conversar para descobrir, estranha suspeita. O tio fugiu à pergunta, desconversou, quis se afastar, meio ruborizado. Praticara um pecadinho.

– Já que você quer saber...

– Abra-se comigo, tio.

– A culpa foi de suas revistas.

Tio Gumercindo não se contentou em ver imagens paradas. Quis imagens em movimento. Soube que na Conselheiro Nébias existem alguns cinemas que só exibem filmes assim... Entenderam? Filmes proibidos, na base do faturamento. Vivem lotados desde o meio-dia.

– Que tal, tio? Gostou?

– Melhor do que as revistas, muito melhor.

JB sentiu que a coisa caminhava, era dar mais corda, levar passo a passo o velho ao colapso cardíaco. Ele, poxa, que era moço, quase sucumbia, quase tinha uma parada de coração, quase ia para o diabo por causa da Marina! Gumercindo não podia resistir, tinha que se apagar diante de maior realismo sexual.

– Tio, o senhor precisa ver um *strip-tease*.

– O que é isso?

– É tudo isso que o senhor viu mas a olho nu, perto da gente. Nós sentados, tomando umas e outras, e as mulheres se desvestindo num palquinho.

– Isso existe mesmo?

— Existe, claro que existe. Olhe, uma noite destas eu levo o senhor. Não vai lhe custar nenhum centavo. Eu pago tudo. Deixe por minha conta.

Tão preocupado com o tio, JB pouco lembrava de Marina. Do dicionário não largava porque era seu ganha-pão. Mesmo assim encontrou a esposa do seu amigo na banca de jornais do bairro, e dela só ouviu a palavra desquite. Não queria nada com ele, nem mesmo um beijo de elevador antes de separar-se legalmente do marido. Estava à procura de um advogado. JB ficou de arranjar-lhe um, mas só numa coisa estava pensando no duro: arrastar o tio ao *strip-tease* da Boate Michel.

M

A letra M começou de noite, na mesma noite em que tio e sobrinho saíram para o bairro de Vila Buarque, um dos orgulhos da maior cidade do país. O Michel estava repleto, mas tiveram sorte e conseguiram uma mesa de pista.

— Tio, o senhor bebe alguma coisa?

— Acho que hoje vou beber.

— Uísque faz bem para o seu caso.

Gumercindo bebeu em silêncio. Não queria muita conversa nem examinava o ambiente, ansioso à espera do *strip*. JB, muito otimista, acreditava que o titio pudesse ter lá mesmo o seu colapso. Como não era pesado, não precisaria muito esforço para colocá-lo no DKW e levá-lo para um hospital. Um mês depois receberia a bolada e se juntaria com Marina, se ela quisesse. Se não, daria uma volta ao redor do Globo e depois cuidaria da vida.

O *strip* começou à uma da madrugada. Seis mulheres de nomes sugestivos fizeram a coisa a dois metros do Gumercindo (Cuquita, Mary Lee, Luz del Sol, Mara Flores, Samantha Diler e Coca Gimenez). JB fez questão de guardar o nome para saber a qual delas seria mais grato.

— Está se sentindo bem, tio?

Gumercindo não respondeu, com os olhos fixos no palco em estado de franca hipnose. Em dado momento, Samantha Diler chegou-se pertinho da mesa para livrar-se da última peça, sorriu para ele e recebeu de volta o mais indecoroso dos sorrisos. O velho não se movia, nada comentava, mas estava gostando. Quando o espetáculo terminou, bateu palmas, discretamente.

– Agora podemos ir, tio.

– Elas repetem o número às três. Li no cartaz de entrada.

JB ficou esperançoso de que o colapso acontecesse na segunda sessão e concordou na espera, renovando as doses de uísque. Gumercindo precisaria de um novo impacto. Mais um pouco de paciência e a noitada teria um desfecho feliz.

Havia menos gente na boate e o sobrinho estava com um sono danado quando o segundo *show* começou. Mal podia equilibrar a cabeça para ver as nádegas alvas de Mara Flores e o olhar cobiçoso do sexagenário. Quando um olho se fechava e outro focalizava Luz del Sol rebolando diante da mesa e desfazendo-se de seu sutiã. Gumercindo, a seu lado, continuava vivo e talvez inteiro para uma terceira sessão, se existisse.

Chegaram em casa às cinco, JB sonolento e meio bêbado, o velho com uma frase que há muito estava querendo dizer.

– Ver, só ver essas coisas é besteira... Não satisfaz muito.

Aí então o sobrinho pensou: "A salvação agora só pode ser a Magnólia. Ele está pronto para a Magnólia". E como estava na letra M, achou que o nome ia dar aquela sorte.

N

Da letra N, Batista apenas lembraria, mais tarde, de um pesadelo. Todo pesadelo tem uma história anterior, quando não é conseqüência de uma digestão malfeita. Esse foi de estômago vazio e provocado por uma visita bem demorada que Marina fez ao Gumercindo.

Todo apaixonado é cabreiro, incluindo JB. No pesadelo, Batista estava na máquina. Pá-pá-pá: *nababo*; pá-pá-pá: *navarado*; pá-pá-pá: *namorado*. Não era dia nem noite, era lilás. Foi erguendo a cabeça, acertado por algum ruído metálico, algo que cedia sob pressão, como molas, em intervalos regulares. Havia no ar um perfume familiar, transeunte. Estava sexualmente excitado e com ódios vagos. O rosto malicioso da cabrocha apontou na porta e escondeu-se em seguida. Fazia-se qualquer coisa às ocultas, nas suas barbas, com a cumplicidade de Rita, mas o quê? Levantou-se e mirou-se no espelho (narciso). Os sentidos começaram a fugir (narcótico). Pareceu-lhe estar no mar ou num lago (nau). Uma névoa densa e rasteira invadiu a sala (neblina). Suas pálpebras, lábios e dedos tremeram (nervosismo). Depois veio o frio e percebeu que estava sem roupa (nu). O ruído metálico vinha do quarto. Foi, vendo o lilás ficar mais forte. Indo, viu Marina, nua, na cama, mexendo-se, sob pressão, toda entregue ao tio Gumercindo. Batista vacilava entre estrangular o rival ou participar duma cópula a três, mas de súbito tudo avermelhou (a *ninfômana*, a *noite*, o *noivo*) e o despeitado se apossou duma faca de cortar papel, arma erudita que se dispôs a usar. O companheiro da adúltera virou-se, apavorado, e revelou que não era ou não era mais o tio Gumercindo, mas outro, *normando, norte-americano, nortista,* muito conhecido aliás, com bigodões e ar cínico, gozador, freqüentador de enciclopédia, e que era um autor famoso, renomado contista, que viveu de finais surpreendentes: Guy de Maupassant. Esse o nome do amante imaginoso, que embora respeitasse como escritor, não titubeou em esfaqueá-lo com a merecida arma.

Por razões morais, antes de apresentar o tio à Magnólia, Batista esteve no consultório do cardiologista.

— Como é, doutor?

— Não se preocupe.

— Como não me preocupar? É meu tio.

— Ele está bem, está muito bem.

— Doutor, se for caso de transplante posso autorizar.

Dr. Altair até achou graça: O tio não era dele.

— O caso não é pra isso...

JB aí foi de grande nobreza:

— Pode não ser, mas o importante é a ciência. Sacrificaria a vida do meu tio pela ciência.

O que houve depois foi uma briga séria entre Batista e o médico, que não entendeu a beleza do gesto.

Agora a esperança era Magnólia.

O

JB conseguiu arrastar tio Guma até o King's. Foi numa noite muito atraente, após dois cálices de licor, alguns cigarros e conversa sobre nus. O sobrinho, habilidoso, aguçou-lhe um pouco a curiosidade, enaltecendo os méritos da noite paulistana. Não sairiam para fazer nada, apenas para ver. Era um libertador, queria libertar o tio da casa e do bairro, mas antes telefonara para a gerente, informando: "É hoje".

Enfiando o velho no DKW, lá pelas onze horas, Batista dirigiu-se para a Vila Buarque com muita crença. Magnólia era uma mulher traquejada e saberia causar boa impressão. Não era uma prostituta, mas uma verdadeira executiva, acostumada a lidar com senhores abastados. Os fazendeiros a adoravam e lhe mostravam retratos dos netinhos. Ela memorizava nomes com facilidade, não dizia palavrões e transformava sua cave num segundo lar dos que nela entravam. Em poucas palavras, adorava que a vissem como uma mulher educada, de família, nascida para ser esposa e mãe, e que só estava ali, no King's, porque sofria de insônia.

– Tio, esta é a Magnólia, minha maior amiga.

Para que Batista não ficasse só, contrataram para sua mesa Pat Alvarado, ex-atriz do rebolado, *sexy-turist* da América Latina, de muita presença à meia-luz.

– Meu sobrinho já falou da senhora.

– Ele me disse que o senhor era idoso, mas vejo que exagerou.

Os quatro se sentaram, enquanto o *high-fi* tocava uma música antiga para provar que Magnólia levara a sério os mínimos detalhes. Veio uísque, veio amendoim, vieram pipocas. Batista, notando que o tio estava muito à vontade, mais falante que nunca, foi dançar com a senhorita Alvarado para que Magnólia fizesse o seu jogo. Observava à distância, vendo já perto seu triunfante futuro.

Saíram do estabelecimento às quatro, o tio sem nenhum pingo de sono.

– Gostei muito dessa senhora – disse.

– Quando foi ao mictório, ela me disse que o senhor tem muito bom papo.

– Ela me convidou a ir a seu apartamento.

– Garanto que Magnólia não faz esse convite a ninguém. Considere-se um felizardo.

Nessa mesma letra, Marina arranjou um emprego de caixa numa loja da Augusta. Bom, assim Batista pôde esperá-la à saída e levá-la em seu carro até as proximidades da sua casa, distância suficiente para não dar o que falar. O emprego significava que ela não queria mais o Carvalho, o que era uma esperança.

A letra Q não tem muitos vocábulos, mas para Batista foi comprida porque teve que contatar muito a Magnólia para que ela não esfriasse com o tio. Porém foi a Alvarado, num encontro casual, na Ipiranga, quem lhe contou que o senhor Gumercindo andava freqüentando a Magnólia no seu quarto-e-sala da Sta. Isabel.

Batista foi para casa, terminou o Q, passou a mão no rabo da Rita que lhe trazia café e depois foi para a cama, feliz, imaginando a caminho a síncope cardíaca. A Magnólia, ele sabia, apesar do seu aspecto doméstico, tinha muito fogo, muita vibração e acabaria com o velho em poucos assaltos.

R

– Meu Deus, seu Gumercindo não dormiu em casa!

JB levantou-se da cadeira e foi ao quarto do velho conferir. Rita estava lá, diante da cama feita. Verificando, o tio dormira fora, certamente com a Magnólia. A crioula, que não sabia de nada, quis telefonar aos hospitais, chamar a polícia, indagar nos necrotérios. E só se acalmou às dez, quando o patrão chegou da rua com um sorriso sacana na face esquerda.

A Rita olhou para JB com ar entendedor. Ninguém prestava naquela casa, ciente que estava dos amores do seu Batista com dona Marina. Ficou olhando para a cama feita com uma malícia que durou até a hora do jantar. Esses mestiços não sabem pensar noutra coisa e nunca perdoam as leviandades dos brancos.

À noite, cheirando água de colônia, bem aprumadinho, Gumercindo saiu outra vez. JB imaginou que estava indo ao King's, mas não perguntou, preocupado em acelerar a letra R.

No dia seguinte, Batista arranjou uma horinha para visitar o médico do tio.

— Precisava falar com o senhor...
— O que aconteceu?
— Meu tio arrumou uma amante. Isso pode ser fatal, não?
— A ciência moderna acha que não.
Ele devia estar brincando.
— Mas a excitação sexual, na idade dele...
— Poderá até rejuvenescê-lo com um tratamento de eletrochoque, entende?
— Recuso-me a entender.

Batista saiu do consultório com um artigo de jornal que o médico lhe deu para tranqüilizá-lo: "O amor prolonga a vida". Não era propriamente um artigo, mas o resultado duma verdadeira pesquisa geriátrica. Na Dinamarca, mais de dez mil viúvos, já idosos, haviam chegado aos cem graças ao casamento com mulheres jovens. Na Holanda, o homem, ao chegar aos sessenta, dá um chute na sua esposa velha e arranja um broto por qualquer preço. A moda estava pegando na Suíça e na Noruega com ótimos resultados. O artigo concluía dizendo: "sexo não é morte, sexo é vida e saúde".

— Aonde vai, Batista?
Era Marina, bonita, jóia!
— Você!
— O que faz com esse jornal na mão?
— É um artigo sobre geriatria.
— Que é isso?
— Marina, você está muito bacana com esse penteado!
Então, ela pegou e disse:
   Por que não passa em casa uma noite desta?
— Posso?
— Agora você pode.
Ouviram bem? "Agora você pode."

§

Aquela noite Batista quis ir com muita sede ao pote e quebrou a cara. Depois de deixar tio Gumercindo em certo ponto da cidade, a seu pedido, perto do apartamento de Magnólia, pisou no acelerador para visitar Marina. Quando se excitava, ficava daltônico. Viu verde o sinal e só viu um Itamarati depois da batida. Não teve Marina. Ficou até a meia-noite na rua, discutindo, mostrando documentos, esperando o guincho e observando os estragos no DKW. Quando se livrou de tudo, foi para casa. Entrou no quarto do tio para lhe contar o desastre, mas o ancião ainda não chegara.

– Seu Guma está saindo do sério, não?

Era a Rita.

T

Tabacaria, tabaréu, tabelião. JB malhou muito o T para o dia passar depressa. Queria a noite para ter Marina, todinha. Agora podiam, ela dissera. Também já devia ter cansado de esperar. *Tagarela, tal, talão*. Seria bom não chegar cedo, melhor depois das dez, quando as crianças estivessem dormindo. Não parava de bater os teclados, esquecido até do tio Gumercindo que não via desde ontem, que quase não via, talvez já todo tragado pela Magnólia, digerido pela executiva.

Anoiteceu com muitas horas de atraso. *Tacanho, tacão, tacho*. Não quis jantar, medo de congestão. Foi de sanduíche e depois voltou à máquina. *Taturana, telepatia, telhado*. A cada vocábulo, olhava o relógio. Rita trouxe o café e se afastou rebolando; gostava de ser vista pela retaguarda para valorizar-se.

Lá pelas nove, Batista começou a embelezar-se. Roupa limpa, unhas limpas, perfume, cabelos caprichados. "Agora você pode." Saiu à rua e foi andando para o apartamento de Marina. Aquela hora os dois diabetes já deviam estar na cama. Caminho aberto para ele. Se a coisa fosse fácil, nem falaria em segundo casamento ou amigação. Nada de legalidades. Com a morte do tio, o melhor era continuar solteiro, fazer sozinho sua viagem *around the world*. À Marina, mandaria cartões-postais.

Chegou ao prédio, entrou no elevador, tocou a campainha. "Agora você pode."

A porta abriu.

Mas é claro que não abriu sozinha. Foi aberta pelo Carvalho, em mangas de camisa. Os dois demônios estavam na sala, bem acordados, brincando com brinquedos novos. Marina apareceu no fundo do cenário como quem acabara de obter uma grande vitória conjugal. Parecia estar tudo legal na família, um quadro de grande harmonia e afinidades domésticas.

– Esperamos você ontem – disse o Carvalho.

Assim terminou a letra T, *trágico, triste, tarado.*

U

A letra U JB teve que escrever só com a mão esquerda. A direita inchou. Teria que interromper o trabalho, se a Rita não lhe aplicasse ungüento de folhas de uxipaçu. Entregou a mão à crioula, desligado, com o pensamento na Marina, para sempre perdida.

– Está doente, patrão?

Batista nem ouvia; para ele o escuro da Rita era um furo no espaço, uma ausência de matéria. Nem percebeu que a crioula acariciava-lhe a mão, aquecida pelo uxipaçu.

V

JB pôde voltar ao trabalho com os dez dedos: *vagina, vaginal, vagínico, vaginiforme, vaginismo, vaginite, vaginotomia, vaginopexia.*

A Rita curvou-se diante dele, de calças justas.

– Caiu alguma coisa, Rita?

– Acho que sim.

– Não ouvi cair nada.

– Eu também não ouvi, mas estou procurando.

À tarde, ainda no V, a criada ficou satelitando pela sala, querendo papo ou qualquer coisa. Era que tio Gumercindo não estava, sempre ausente agora, dando folga à Rita, louca para curtir um som com o rádio bem alto.

– Onde está o tio, Rita?

– Quem é que sabe dele agora, seu Batista?

JB teve vontade de surrá-la, ódio do mundo. Mas tinha que acabar a letra: *vulva, vulvar, vulvatório, vulvite, vulvovaginal, vulvovaginite, vulvoterino.*

W

Antiga letra do alfabeto, substituída ora por U, ora por V, na ortografia da Academia Brasileira de Letras.

JB viu pela janela, a Marina, o Carvalho e os dois diabos, todos bem-vestidos no ponto do ônibus. Lembrou-se que havia jogo do Corinthians. Ela certamente ingressara na torcida.

As calças compridas de Rita rasgaram num lugar bem impróprio.

Tio Gumercindo recomeçou a fazer as malas.

Y

Outra letra que não existe, mas para o Batista existiu, sim. Estava nela quando tocaram a campainha. Ele mesmo foi atender. Era Magnólia. Repitamos: era Magnólia, a executiva, vestida como uma *lady*, um sorriso de quem sabe das coisas.

— Veio visitar o tio?

— Então você não sabe?

— Não sei o quê?

Magnólia respirou e contou.

— Vamos ao cartório.

— Ao cartório?

— Pat está no carro. Vocês dois vão ser os padrinhos. *Sorry*, Batista, mas a vida tem disso. O King's não estava dando nem para os alfinetes.

O dicionarista ia sentar, mas o tio saiu do quarto, muito *charmant*, vinte anos mais moço.

— Então, vamos ao cartório. Rita, pegue as malas.

Ah, as malas...

— Por que as malas, tio?

— Depois do casamento a gente já vai viajar.

A sonhada viagem para a Europa, afinal. Com o dinheiro do Fundo, certamente. A executiva brecara a bola de novo; iam levá-la nas malas para Paris, neve brasileira para o verão europeu. Foram da casa para o cartório, do cartório para o aeroporto. JB assinou o que tinha que assinar, despediu-se de quem tinha que se despedir e voltou para a casa.

Z

Consoante linguodental fricativa sonora. É geralmente empregada para indicar a incógnita de uma equação. Batista sentou-se à máquina e atirou-se ao Z. A casa estava em silêncio, com o tio ausente. Foi ao quarto do Gumercindo e se pôs a remexer papéis. Afinal, encontrou o que sempre procurara e calculara: trezentos e noventa e oito mil cruzeiros, o valor da bola.

Voltou à máquina. Pá-pá-pá. Rita entrou com o café, com outras calças, ainda mais justas. *Zabaneira*, mulher desavergonhada. Sorriu à toa e saiu. *Zangão, zona, zoeira, zorro.* A noite desceu, Batista continuou. Só parou para beber conhaque.

Então ouviu um *zumbido*, que não sabia se de dentro ou de fora do seu eu. Quis prosseguir na máquina, não deu. Donde vinha o *zumbo?* Quem ou o que estaria *zunindo?* Estranhando, saiu da sala. Passou pela cozinha, ouvindo. Não era lá o *zumbido.* Chegou à área de serviço. Olhou bem: não, ali ninguém *zunzunava.* Prestou atenção: pareceu-lhe o *zunimento* livre e desafiador de um *Zumbi.* Moveu-se, e sentiu que se movia na direção do quarto da Rita. Não vinha de lá a *zueira?* Com ritmo, assim: "*Zum-zum-zum,* tá faltando um?"

Zás-trás, empurrou a porta. A lâmpada, envolta num cone de papelão, estava acesa, graças ao que viu a crioula completamente nua, estirada na cama, numa espera cheia de certeza e repouso. Ela era, enfim, a *zurradora.* Mas por que estivera *zunzunando?* Para atraí-lo? De qualquer forma emitira uns *zuns* através das paredes, segredo eletrossexual que seus avós deviam ter trazido da *Zuzulândia*, depois de testá-lo com os *zuavos.* O seu sorriso *zoomagnético* confirmou: era uma *zula.* Batista, gracioso, fez-lhe uma *zumbaia* (cortesia exagerada).

– O senhor quer um cafezinho? – Rita indagou com *zelo*, a mexer seu *zigoma.*

Quase JB aceita só para vê-la *ziguezagueando* pela casa.
– Depois.
Rita descolou as coxas, separando-as, olhou para o lado, meio *zarolha* e *zuniu*. Realmente, quando excitada, principalmente no calor e talvez devido a um processo *zooquímico*, ela emitia um *zunzum* prolongado, espécie de radar. Mas, por *Zeus*, apenas ao chegar a letra Z (embora ainda em tempo) é que o JB percebera isso.

Eu e meu fusca

*Para
Edwaldo Pacote*

Ah, eu e meu Fusca! Aquele reclame da moeda forte me pegou! O Fusca é um carro pequeno, e eu quando embarco fico pequeno também, não no tamanho, mas na cachola, se me entendem. Dentro do carango viro garoto, o mesmo que fui no Instituto, embora sem ninguém pra me chatear ou ficar espiando. Com três aulinhas mixurucas eu já guiava esta joça como veterano e tirar a carta foi uma moleza. Sou demais na direção. Medo de correr não tenho, e se um dia tiver que me estrepar que seja com o distintivo da VW cravado nos intestinos. Mas nesse dia espero que vejam meu tesouro com todos os acessórios bacanas das lojas da Duque.

– Eh, Januário, aposto que nem precisa trocar o óleo.

Estou na bomba de gasolina e o Januário é o cara de Lua cheia que sempre me atende. Conhece meu Fusca à distância e agita no ar sua camurça amarela. Disse que não há na cidade Volks mais limpo e melhor equipado que o meu. E é verdade. Trato dele com todo o carinho, como gente. Um dia me funde a cuca e boto leite no tanque de gasolina.

– Janu, o que há com aquele Gordini? Está lhe enchendo o saco, não? O que adianta ganhar corrida até no gelo se vive com pneumonia? Veja a calibragem, Cebolão. Hoje vou faturar uns duzentos. Não, nada de Santos. Quem gosta de areia é siri. Meu negócio é o asfalto. Esta cidadona tem visgo. *Ciao*, Janu. Diga ao dono do Gordini que ele caiu no conto das quatro portas.

Ligo o rádio. Manja o som. Até na São João, com todos aqueles prédios, já peguei o Rio de Janeiro. Querem ver os faróis de neblina? Custaram uma nota, mas são os melhores da praça. Observem agora os frisos laterais, como brilham! Meu carango é o mais badalado que existe. Hoje ninguém adivinha que já foi um Pé-de-Boi, comprado em fila. Veio nu e tive que vesti-lo como um enjeitado, como fizeram comigo no Instituto. Olhem o Mug balançando. A mãe dele tomou Talidomida, mas dá sorte, como garante aquele crioulo pilantra da televisão. Experimentem as portas. Batem sem pena. Neca de barulho, companheiro. Ele é todo assim, macio e silencioso. Às vezes, por gozação, dou um pulo à zona dos marreteiros, em marcha lenta, pra pôr água na boca dos caras.

— Quer vender?
— Quer vender?
— Quer vender?

Vou parar para aquele nanico, morem.

— Gostou da pinta do carango, Meio-Quilo?
— Pago seis à vista, meu chapa.
— Seis dê pra mamãe.
— O quê?
— Tire a mão do meu Fusca, amendoim.

Subo a Eduardo Prado, indo ao Pacaembu. Não pensem que me complexo diante dos Itas e Mercedões. O meu vermelhinho brilha mais do que eles e tem personalidade própria. As pequenas manjam ele com o rabo dos olhos. Há uma gorducha que mora naquela rampa, a mais gamada de todas. Fica toda acesa quando meu Fusca aparece. Quanto às domésticas, Márias, Marias e Mariás, pegaria quantas quisesse, se trabalhasse com esse artigo. Não é pras fuleras que embandeiro meu besouro. Vou fazer aquela curva diante do estádio só pra sentirem a direção. Manobro com este dedo. Vejam lá o sorveteiro baiano que se encagaça com minhas brecadas. Pensa que sou matusca.

— Tem sorvete de vatapá, Bom Baiano? Olhe, dê um de morango, mas só pago se cantar *Na Baixa do Sapateiro*.

No começo ele cantava. Este cabelão e os anéis assustam os pacatos. Piso para a Paulista chupando sorvete. Passa um Galaxie por mim, guiado por um turcão, com uma dona do lado. Não concordo: arranco na frente do bacanudo e vou tranqüilo, segurando o tráfego, sem ligar a mínima para as buzinas. Pra que pressa, seu Libório? Estou apenas exibindo os frisos e ouvindo a Pan. Falta ainda muito para anoitecer e acho que darei uma parada na pensão pra beijar a nuca de D. Itália, ela me ama.

Hoje é gostoso, folgado, mas foi uma luta comprar este Fusca. Lembram aquela música: "Pra ter Fon-Fon trabalhei, trabalhei?" O cara deve ter se inspirado em mim. Desde os tempos do bar, servindo os pinguços e passando o pano no mármore já ajuntava as manolitas. "Caixinha, obrigado!" Talvez vocês devem me ter dado gorjetas, me ajudado a comprar o besouro. Para economizar, até apanhei uma onda de dormir nas praças. Daí esta tosse de cachorro que D. Itália não consegue curar.

Paro diante da pensão, uma casa bacanérrima, com jardim na frente e pintada de novo. Moro no andar de cima, naquele quarto que está com venezianas abertas. Antes tinha um companheiro meio biruta que agora trabalha como palhaço na TV. Chamava ele de Shazan! porque aparecia e desaparecia de surpresa. Quando Shazan! se mudou, D. Itália, que apelidei de D. Península, fez um abatimento no aluguel e fiquei sozinho. O Fusca guardo debaixo da basculante. Como sempre, saio do carango e entro pela cozinha para filar alguns bolinhos ou pastéis. Entro com pé de veludo e dou um beijão de estalo na nuca da referida.

– Ai! Que susto!
– Qual é o petisco, tia? Camarão?
– Só sirvo na mesa.
– Unzinho, D. Península. Prometo deixar para os outros.

Certamente não sou o único hóspede! D. Itália é viúva e precisa faturar sem fazer da casa uma cabeça-de-porco. Embaixo mora um casal de balzaques, que acompanha a tia há vinte anos. Em cima tem um encalhado, três estudantes barulhentos num quarto, um cabeleireiro na despensa e eu, belo-belo no quarto da frente. O solteiriço daria até o rabo pra me desalojar, mas eu que sou o queridinho da dona da casa.

– Mirou os frisos novos do meu Fusca?
– Vi quando saiu.
– É ou não é o besouro mais enjoado da Paulicéia?
– Você me pergunta isso todo santo dia.

Como um bolinho, depois outro, mais pra ficar com a velha que precisa de companhia e de agrados. Coitada, só tem os inquilinos. Se algum dia acerto uma acumulada, dou a metade pra ela.

– A senhora tem jornal?

D. Itália olha ao redor; esteve lendo, mas não sabe onde pôs. Aponta para o pequeno jardim-de-inverno. Vou lá e vejo jornal nas mãos do encalhado, um sujeito misterioso, desses tipos que vivem em pensões e hotéis mambembes. Queria ver a página de cinema, mas o Lobisomem não larga o jornal, dobrado em quatro partes em suas mãos peludas. Já perceberam minha queda pra botar apelidos? O Lobisomem é o solteirão, sempre molhado de orvalho, pois é na madrugada que se transforma em cachorrão para fazer das suas. Já tive até pesadelo, de barriga cheia, perseguido por ele na floresta, a sentir no pescoço seu bafo de bolinho de bacalhau.

Agora quem surge no jardim-de-inverno, de robe chocolate, é o Cary Grant, o mais velho hóspede da Itália, sujeito simpático, com tarimba de vida em conjunto. Está sempre pedindo ou oferecendo cigarros e tomando seus tragos escondidos da mulher, a Betty Davis. Ele e a mulher são boa gente, legais paca.

– O que há sobre o atirador?

O Lobisomem está justamente lendo sobre.

– Ainda não pegaram.

– Tem retrato falado?

– Como, se ninguém o viu?

– Quem foi a última vítima?

– O coitado dum pau-de-arara. Sempre escolhe gente assim, molambos sem eira nem beira.

Enquanto continua com essa conversa, não posso ver página de cinema. Sou doido por um bangue-bangue bem quente. Subo para meu quarto, sempre limpo. Logo se vê que D. Itália esteve aqui. Sou um relaxadão. Cuidado, só tomo com meu Fusca. Largo-me na cama e abro o criado-mudo onde guardo o álbum com os anúncios de Volkswagen. Alguns sei até de cor. Coleciono desde meus tempos de garçom. Graças a Deus tenho hoje o meu Fusca, mas dou graças também a ter entrado na corretagem. Sou bom de papo e tive sorte na profissão. Ainda esta semana, vendi uma quitinete para uma puta aposentada.

Lavo o rosto, ajeito o blusão de couro e desço para o jardim-de-inverno. O Lobisomem e o Cary Grant ainda falam do atirador. A eles, junta-se agora o Clô, o cabeleireiro.

– Mas ninguém viu a cara dele? – indaga a bicha.

— Quem viu morreu — respondeu Cary.

— Mesmo quem morreu não viu — corrigiu o encalhado. Ele atira à distância.

— Mas por que mata? — arrepia-se Clô.

— Para se divertir.

D. Itália aparece na porta, avisando que o jantar está pronto. Nem sempre janto na pensão, principalmente aos sábados, mas estou interessado nos bolinhos de camarão, apesar da sede que vem depois. Na mesa, os hóspedes só falam de crimes. O Lobisomem tem uma memória bárbara, para crimes os mais misteriosos.

— Ainda se diz que os piores crimes se cometem em Londres! Invenção dos romancistas. O próprio Jack Estripador é ama-de-leite perto dos nossos.

— Os ingleses fazem muita propaganda do *fog* — diz Betty. — Pura atração turística!

— Vamos mudar de papo! — protesta o Clô, horrorizado.

Odeia qualquer tipo de violência, o lindo.

Cary Grant tem seu ponto de vista:

— Olhem, talvez o homem seja adepto da eutanásia. Apenas mata os que sofrem. Falo dos doentes sociais, dos párias. A intenção neste caso é boa.

— Você defende um tarado desses? — escandaliza-se a mulher.

Nem ouço a conversa mole, engolindo os bolinhos. Avanço na jarra de refresco de cenoura. Qualquer refresco para mim é bom. O que não topo mesmo é bebida alcoólica, a não ser Malzbier, que é docinha. Não vou esperar pela sobremesa, já com saudades do besouro.

— *Ciao*, tia!

Dou um beijo de despedida na velha, sob o olhar gozador do Lobisomem, que é incapaz de agradar uma pessoa. Já o Cary Grant e esposa ficam sensibilizados quando trato assim a Península. Passo os dedos nos cabelos do Clô e saio da sala, levando o último bolinho.

Lá está meu cavalo vermelho sob a basculante! Quando estava no Instituto, acompanhei um seriado de Buck Jones, *O Cavaleiro Vermelho*. Hoje sou dono daquele cavalo. Marcha à ré e ganho a rua. Já é noite e gosto mais da noite. Como é que vocês guiam? Eu costumo pôr todo o braço esquerdo pra fora e só dirijo com a direita, meio caído pro lado. Um jeito casual de quem está fazendo uma coisa à toa, sem aquilo de dez-para-as-duas que ensinam na Auto-escola. Buck também montava largadão, como se estivesse numa poltrona. É essa minha panca que atrai as gatas. Sou o mesmo, assim à vontade, quando levo os fregueses a ver os imóveis. Pode sentar o Presidente da República a meu lado e continuo a guiar nesta toada. O Prestanudo, da Imobiliária, é que se implica. Diz que guio como se estivesse baratinado. Mas o fato é que os fregueses vão com minha cara e fazem negócio.

– Jornal, patrão?

Fico por conta com esses jornaleiros que querem empurrar jornais para quem está guiando. Já tapei o olho dum com uma cuspida. Vejo o título: "Toda a polícia na caça ao atirador".

– Me dá um, flagelado!

Vou em frente para o centro. Há tanta fila nos cinemas que perco o tesão de assistir a um bangue. Cinema aos sábados não dá pé. O melhor, acho, é dar uma flertada com a gorducha da rampa do Pacaembu. Ela costuma ficar no jardim do palacete à noitinha. Como o trânsito é lento, ergo o jornal, iluminado pelo farol do carro que me segue. Não dá pra ler nada, volto à antiga posição. Enfio o Fusca entre um Aero e um Desoto caindo aos pedaços. Me saio bem. Os dois motoristas se assustam e morro de rir. O que faz esse maldito Mercury na minha frente? Quase encosto nele para acordar o folgado. Livro-me da São Luís, vou pela Bela Vista, 9 de Julho e depois Pacaembu. Olhem o estado desse Cadillac, um rabo-de-peixe do ano 1950. Teria vergonha de guiar um troço assim. Meu Fusca não tem um risquinho sequer... Minto. Já levou uma trombada.

Acho que foi a única vez que chorei na vida. Eu tinha descido do Volks pra tomar um sorvete. Ia dar a primeira chupada quando ouvi o barulho. Um diabo de Interlagos batera na traseira do meu. Vi o amassado e perdi a cabeça. O dono do Inter tinha o dobro do meu tamanho, mas tentei arrancar ele pela janela. Aí a turma do deixa-disso entrou e me segurou os braços. Mas ainda eu tinha gás: soltei os pés no estômago do fulano. Pra encurtar a história, veio um guarda e o dono do Inter me deu uma nota. Mas não pensem que me alegrei. Aí que houve o vexame, pois me larguei da calçada e comecei a chorar como um bebezinho. Uma porção de pessoas me rodeou, pra me ver chorar, e eu não me mancava. Foi uma senhora de boa-pinta que me levantou da calçada. Nem olhei pra os lados: saltei no Fusca e corri pra uma especializada. Besteira! Estava fechada. Sabem o que fiz? Encostei o carro e dormi dentro dele até o dia seguinte, quando abriram a oficina. Puxa, só eu sei como enchi os sapatos do pessoal da funilaria!

Já estou perto da rampa do Pacaembu, onde mora a tal gorducha bunduda. Faço a volta no Estádio, emparelho com um auto-escola, cruzo diante dele para dar uma gozada e subo a rampa fazendo os pneus rangerem. Diabo, acho que tenho a falada intuição. Vejo atrás de um portão, num jardim, um balãozinho de São João pronto para subir. É ela! O vestido tem listas, por isso me lembrou um balão. No duro que não sou muito traquejado para abordar pequenas e não gosto nada de levar o contra. Nem meu Fusca me curou disso, mas essa gorducha não posso perder, ela me dá bola há meses.

Paro o Fusca e sorrio para a tal com cara de James Dean. Faço sinal pra que ela se aproxime do carango. O balãozinho responde com outro sinal, para que eu estacione mais adiante. Atendo, é claro. Agora a banhuda vem e meu relógio dispara no peito. De perto, é ainda mais gorda, pele lustrosa, e tem cara de quem já deu.

– O que você quer?
– Me deu na telha de convidar você para um giro. Topa?
– Estava esperando meu namorado – mentiu.
– Estava, mas não está mais. Entre.

Com que folga ela entra no Fusca, cheirando como uma rosa, uma rosa gorda, meio mole, sorridente e vermelhuda. Ponho o carango em movimento e começo o interrogatório naquela base.

– Como é seu nome, bonecona?
– Suely.
– Não gosto, é pequeno demais. Parece que você nasceu magra e depois foi engordando. Vou chamá-la de Mariângela, é um nome que dá trabalho à boca.

Ela riu e o riso saiu comprimido pelos seus setenta quilos.
– Para onde vamos, Henrique?
– Não me chamo Henrique, bonecona.
– Ora, não mudou meu nome? Vou mudar o seu.

— Henrique até que é bom. Ainda não conheci ninguém com esse nome, a não ser nos livros escolares. Há sempre um Henrique, lembra? Mas, voltando ao assunto, o Fusca resolve onde a gente vai.

A gorducha é uma garota sossegada. Ajeitou-se no banco, displicente, com a boca entreaberta. Está levantando o rabo porque se sentou sobre uma coisa: ah, o jornal!

— Você também quer saber quem é o Atirador, Henrique?

Pegou o jornal, dobrou-o e tentou lê-lo. Só pra brincar, fiz uma curva fechada, desequilibrando-a. Caiu em cima de mim, rindo, e desistiu da leitura. Estou sentindo seus cabelos no meu rosto, mas ela já retorna ao seu ponto de equilíbrio. Garota matusca, essa, toda solta, dona do seu nariz e provavelmente sem horário para voltar.

— Você é o que naquela casa, Mariângela?

— Estou passando uns meses com meus tios. Sou do interior, sabe? Mas eles são camaradas e não se incomodam se dou um passeio.

— Como eu chamo mesmo?

— Henrique.

Dirigi uns dez minutos ou mais em silêncio, só desviando o olhar para as coxonas dela, ao meu lado. As gordas são tranqüilas e aquela era uma gorda que flutuava. Acho que já a vi num desses anúncios de rua como reclame de fortificante, toda colorida, com uma colher de sopa na mão. Desci toda a avenida Pacaembu, tomei a rua das Palmeiras e num instante retornei ao centro, costurando o tráfego com aquela classe que Deus me deu. A gorda não tem medo das guinadas do meu Volks, apenas sorri com minhas valentias, sem olhar-me.

— Quer conhecer tia Itália? – pergunto. – Vamos até lá tomar um licor de cereja. Não diga que não, Mariângela.

Não esperei resposta para tomar o caminho, e agora já estou perto da pensão sem que essa resolução provoque a menor reação na garotona gorda da rampa, que se abana com o jornal e brinca de encaracolar os cabelos.

Quando brequei diante da pensão, a gorda olhou com tanta naturalidade para o sobradinho como se morasse nele comigo. Até achei graça, mas ela, sem saber do que ri, já está me acompanhando ao interior da casa. O Lobisomem ainda está no jardim-de-inverno e fica espantado: em menos de uma hora saio e volto com uma pequena. Deve estar com inveja, o encalhado. Meu rumo é a copa.

— Aqui que mora D. Itália?

A dona da pensão, que enxugava pratos, volta-se, me vê com a gorducha e sorri enormemente. Como essa mulher sabe rir!

— Quem é a beleza?

— É a Mariângela. Encontrei ela rolando numa rampa.

Foi instantânea a simpatia que nasceu entre as duas, como a partida rápida do meu Fusca. Abraçam-se, a Itália já desfiando seu rosário de elogios para mim, apenas me chamando de desmazelado. Diz que atiro no chão as toalhas de banho usadas e que sujo mais camisas que qualquer pessoa no mundo. Apesar de tudo (está dizendo) sou de fazer feliz qualquer moça direita.

Cary Grant põe a cara na cozinha. Vocês bem sabem como o Cary é. O mesmo que trabalhou tão bem em *Aventureiro da Sorte* e que ri porque o contrato obriga.

— Você começou bem a noite.

— Este é o hóspede mais velho.

Mariângela estende-lhe a mão mole e amiga.

— Muito prazer, senhor.

Cary diz que teve na juventude uma namorada igual a ela. Fazendo graça, convida Mariângela para fugir com ele. As banhas da gorducha tremem de tanto rir.

Betty Davis aparece na porta da copa; o marido, sem se surpreender, apresenta-a como simples conhecida, provocando mais risada de todos nós.

— Senhorita, este homem é casado — asseverou a veterana, dentro da brincadeira. — E eu conheço sua esposa tão bem como a mim mesma. Mas se quiser lhe fazer um favor, fuja com ele. Fará um péssimo negócio!

D. Itália, que sempre está servindo alguma coisa, serviu o refresco de jarra. Estava comovida com meu sucesso e gostando da bonecona. É melhor assim, quando todos estão de acordo. Até o Lobisomem, com seu robe vermelho, apareceu, mas preso ao assunto antigo.

— O jornal diz que o tal funciona de carro. Por isso que não o apanham.

— Um atirador motorizado?

— Atira e foge.

– De que marca é o carro?

Abraço Mariângela para mostrar-lhe a casa, menos meu quarto, para que não pensem mal da moça. Apenas entro para apanhar meu álbum de recortes, que vou lhe mostrar no jardim-de-inverno. Leio alguns anúncios para ela, como fazem os locutores da televisão. A seu pedido, releio aquele anúncio do "O Fusca vai às corridas", que é uma gozação ao Gordini. Ela está junto de mim, com a coxona colada à minha e o rosto a uns três dedos do meu.

– Como você lê bem, Henrique!

– Nunca li um anúncio do Fusca que fosse ruim. Gosto muito daquele da Kombi, cheia de lutadores.

– Muito bem bolado, não? Tive um namorado que trabalhava em agências de anúncios. Ele era um cara bacana.

D. Itália aparece no jardim-de-inverno.

– Pra quando é o casamento?

Pela primeira vez fiquei sem jeito e olho para Mariângela, acho que corado.

– Pra quando ele quiser – responde a gorducha.

Sou magro, mas adoro essa calma das pessoas gordas. Nenhuma moça magra falaria assim, logo na primeira noite.

– E você, o que diz? – pergunta a Itália.

– A mesma coisa. Caso logo, se a senhora fizer um abatimento no aluguel.

– Claro que faço! Apenas dobro o preço das refeições.

– Negócio feito.

Quem se levantou primeiro fui eu, pois Mariângela parece disposta a continuar aqui, já amiga de todos, com exceção do Lobisomem. Contei a respeito dele que matara a noiva e a enterrara num quintal, e que um dia a polícia aparece para prendê-lo.

A bonecona deu quatro beijos nas faces de D. Itália, beija Betty Davis, dá um grande abraço no Cary Grant, que renova o convite para a fuga. A pensão é gostosa, mas é melhor ainda estar dentro do Fusca, passeando pela cidadona.

Agora Mariângela já se encosta em mim. Seu peso em meu lado direito me agrada. Ela parece uma *big* bola de assoprar que tivesse entrado pela janela do carro na passagem por um parque de diversão. Sinto sua respiração, que lembra um pouco ginástica pelo rádio diante da janela. Às vezes, eu olho pra ela, ela me olha e a gente continua em silêncio. É incrível que em três horas já podemos ficar calados e nos entender. Vou onde o Volks quer ir.

Uma hora depois, Mariângela pede:

— Me dá um sorvete?

— Só se me der um beijo.

— Detesto beijar com a boca seca.

Foi a gorducha quem começou, me cobrindo todo com seus braços gordos, lisos e fortes. Não imaginava que gostasse de beijos como gosta de sorvetes. Beija com a mesma gulodice, com aquele ritmo excitante das colhedoras. Exagerou tanto no sorvete que sua boca ainda está gelada, seus dentes, sua língua e seu hálito de morango. Mas com a insistência e os movimentos de sucção, a coisa vai esquentando. Passo do inverno para o verão, e isso me dá a impressão gozada de que a beijo há seis meses. Ou em toda uma viagem de São Paulo para Pernambuco.

Mariângela me empurra e faz uma pergunta:

— Onde fica o Jardim Paulistano?

— Por quê?

— Tive um namorado que morava lá.

A conversa nesse ponto volta ao passado, acho que estou com ciúme. Quero saber se teve muitos namorados, como eram eles e se já ficara noiva. Coisas que os namorados sempre perguntam no primeiro dia.

— Já tive uma porção — ela confessa com aquela sua naturalidade. — Todos uns bolas murchas. Não lembro nem o nome deles. Os mais espertos se contentavam em bolinar. Esse que morava no Jardim Paulistano ao menos tinha umas coisas boas. — E começa a rir com um arzinho de mistério que me deixa interessado.

— Que coisas boas ele tinha?

— Coisas boas que seriam más para muita gente.

— Exemplo.

— Quer um exemplo?

A bonecona custa a falar e logo descubro que não quer mesmo falar. Tenho que espremê-la contra a porta do Volks para que me conte o que aconteceu.

— Se não falar, deixo você aqui e vou embora.

— Mas é um negócio tão bobo!

— Vocês metiam?

— Bem, quase, você entende... Mas é isso que eu quis dizer. Falo de uma tarinha que ele tinha e eu também. Muitas noites saíamos só para isso. Ele passava na rampa, buzinando, e eu entrava correndo no seu Impala. Que garotão malvado, Meu Deus!

— O que ele fazia?

Mariângela conta que uma noite iam por uma rua quando o Impala atropelou um gato. Isso não foi nada, mas três dias depois aconteceu a mesma coisa. Ela achou graça na coincidência, porém o tal, com cara de diabo, disse que fazia isso quase todas as noites. Não podia dormir se não atropelasse um gato com seu carrão. Mariângela não se escandalizou e confessou também gostar do barulho seco que o pára-choque fazia quando batia nos gatos. Depois, havia nisso uma certa técnica, exigia precisão e golpe de vista, pois os gatos eram muito ligeiros e se o motorista hesitasse uma fração de segundo o bichano se safava. O moço do Jardim Paulistano era um mestre na brincadeira. Mal via os olhos brilhantes do gato, dirigia o carro lentamente em sua direção, e só nas proximidades dele é que usava o acelerador com toda fé e certeza. Durante uns três meses, Mariângela vira apenas uns três ou quatro fracassos. Infelizmente, ela lamentava, o moço do Impala deixou de apanhá-la na rampa. Se costumava ficar no jardim da casa era na esperança de que uma noite ele reaparecesse.

— Você está chocado? — ela perguntou. — Vai ficar zangado comigo?

— Nada tenho contra ou a favor dos gatos, mas acho isso de matar animais uma covardia. Para seu namorado só havia o perigo de quebrar um farolete...

Mariângela pareceu-me doida.

— Era excitante, Henrique! Fiquei viciada!

Baixo a cabeça:

— Gostava do tal apenas por causa disso?

— Acho que sim, embora ele beijasse muito bem depois de matar os bichanos.

— Gostava mais do que dos outros namorados?

Ela balançou a cabeça como uma molecona:

— Os outros nunca me divertiam. Não sou fanática por cinema e um rapaz que só fala de futebol está queimado comigo. Houve um, o rei dos chatos, que tocava órgão na igreja. É possível a gente sair com um tipo assim?

Acaricio os cabelos de Mariângela. Bonecona triste, olha-me à espera de meu perdão. Giro a chave, já engato a primeira e deixo o muro para trás. Descobri um belo lugar para beijar garotas, caso Mariângela não me queira mais. Agora há menos movimento nas ruas. Como o tempo corre na companhia dessa moça gorda. Ofereço um cigarro, diz que não fuma. Melhor assim, sua boca estará sempre fresca para os beijos. Beijar para ela é uma necessidade, não um vício, como é o fumo e a bebida. Pergunto-lhe como são os seus tios.

— Um casal de velhos que apenas quer uma coisa: que eu me case. Querem se ver livres de mim.

— Vocês se dão bem, como eu e D. Itália?

— Menti algumas coisas, Henrique. Os velhos não são meus parentes. Eu morava no interior até o ano passado, com mamãe, quando ela morreu de câncer. Esse casal era amigo de meu pai. Com medo de ficar só, escrevi para eles, e me aceitaram. Sou uma espécie de dama de companhia da mulher que chamo de tia. Mas ela não precisa de dama de companhia, é até muito ativa. Quer que eu me case para me espiantar dali.

— Foi bom não ter casado até agora.

— Por quê?

— Porque podemos nos casar.

A bonecona ficou alegre e jogou seu braço gordo em torno do meu pescoço.

— Não está com raiva de mim?

— Raiva? Por quê?

— Por causa dos gatos... Não quero mentir mais pra você. Eu não ficava do lado dele como uma tonta. Participava, entendeu? Às vezes, eu é que via o bicho e cutucava o braço do meu ex. Estava até querendo entrar numa auto-escola para ficar no volante. Tinha a impressão de que ele gostaria ainda mais de mim, se eu aprendesse o jogo.

— Chega de falar nisso.

— É feio?

— Não se deve falar das coisas que dão prazer.

A bonecona está me olhando; não lhe pareço um homem capaz de matar gatos, mas só o fato de entendê-la já é alguma coisa. Acho graça; apesar do tamanho, toma a forma de uma gatinha querendo carinhos. Contorno uma pracinha cujo nome nunca posso gravar, sigo por uma rua escura e arborizada.

— Gatos! — exclamo, estourando de rir.

Piso o acelerador, olhando de soslaio a gorducha bonecona com a qual pretendo casar-me no mês que vem. Travo uma conversa sobre papéis que os cartórios de paz exigem. Como é barato amarrar-se definitivamente a uma mulher. É muito mais caro e encrencado tirar uma carteira de motorista.

Mariângela tem uma idéia!

— Que tal se fizéssemos a lua-de-mel viajando por toda a América do Sul... A própria Volkswagen poderia patrocinar.

— Tire isso da cachola!

— Mas a gente arrecadaria fundos para a construção de um hospital!

— Você quer dizer hospitais para gatos?...

A bonecona estourou numa gargalhada e me senta tamanha palmada nas costas que quase vomito o coração.

— Isso é humor negro, Henrique.

Ela continuou rindo, baixinho e prolongadamente, como uma risada em quarta marcha numa estrada de asfalto. Bolei aí outro apelido para minha coleção:

— Mariângela Mata-gatos.

— Não goze, benzinho.

— Agora é tarde, Biotônico, você já é Mariângela Mata-gatos.

— Não vá espalhar a história na pensão.

— Meus apelidos são para meu uso. Nunca chamei o Lobisomem de Lobisomem.

A gorducha me abraçou de novo, pesando os setenta quilos sobre meu esqueleto.

— O Lobisomem... É verdade mesmo que enterrou a noiva?

— Se não enterrou, ela está embalsamada no seu quarto.

Tudo é motivo para gozação com a Mariângela Mata-gatos.

Rindo pra burro, passamos pela Brigadeiro e na Augusta quis que os últimos *playboys* me vissem, no Fusca, com a bonecona repousando no meu ombro.

Depois de muitas e muitas voltas a gente nem sabe onde está mais. E eu no duro não sabia ao ver o Carlito sair de um bar de esquina, bebum, e descer uma ladeira perigosa para ele. O Carlito é o Carlito mesmo, embora sem a cartola e a bengalinha, o chato que a gente vê na televisão. A moçona ainda pesa no meu ombro, me obrigando a dirigir com a esquerda.

— Você está me adormecendo o braço e vou precisar dele.
— Desculpe, meu noivo.
— Desculpada, Mata-gatos.

Mariângela abriu a janela do carro e respirou forte.

— Quase caio no sono, mas esse ventinho me acordou.
— Por isso que gosto de você, é resfriada a ar, como o Fusca.

Ela me dá um beijão.

— Gosto de gente engraçada.
— Lembra do Carlito?
— O da bengalinha?
— Acha graça nele, Mata-gatos?
— Para mim é lixo.

Chegamos a uma praça arborizada. Felizmente, nenhum carro estacionado. Procuro um ponto favorável para parar. Paro e acendo um cigarro, apenas um pouco nervoso. Na verdade, não fumo quando estou calmo.

— O que vamos fazer aqui?
— Esperar um gato.

Quer que eu procure? — pergunta ela, erguendo o corpo, toda entesada.

Enfio o polegar entre suas nádegas; ela dá um pulo e bate com a cabeça na capota.

— Ai!
— Fique sentadinha.
— Não quer um gato? Manjo um de longe.
— Já sou grandinho, Biotônico.
— Está certo, menino bonzinho. Não é preciso. Se quiser posso até arranjar um pra morar conosco depois do casamento.

Brinco com seus cabelos pretinhos e leves.

– Cães e gatos são para velhos solteirões. O Lobisomem não tem cão porque ele é o próprio.

Ela me olhou terna:

– Quer filhos?

– Evidente, moça. Você com esse corpão deve poder fabricar uma porção deles. E quando crescerem vou dizer: "Meus filhos, lamento informar mas sua mãe é a famosa e procurada Mariângela Mata-gatos".

A bonecona começou a rir quando vi o Carlito chegando ao final da ladeira. Lanço um olhar pela praça e não vejo ninguém, a não ser um velho Ford que acaba de atravessá-la. O ex-comediante vem vindo caçando frangos, a arrastar os sapatões. Assim a tarefa é mais difícil e melhor. Ao passar diante do meu Fusca, uns vinte passos na frente, ligo os faróis. O jato assustou e irritou o mísero pedestre. Mariângela segurou o riso entre os lábios. O homem se vestia de trapos e pelo aspecto se apagaria no próximo inverno. Bronqueado, mais ainda se parecendo o Carlito, quis até dar panca de sóbrio, apressando os passinhos. Mas não saía do lugar, como nos pesadelos.

Jogo o braço pra trás e tateio a espingardinha, escondida junto ao assento. Num gesto rápido, coloco-a na posição correta, como ensina o Manual. Cravo o olho na mira sem tomar conhecimento de Mariângela, que sentiu a importância do silêncio naquele momento. O primeiro balaço deve ter acertado no fígado, pois Carlito saltou como se atingido pelos chifres dum touro. Armei o brinquedo de novo, miro e agora mais estabanadamente faço o segundo disparo. Classe é classe. Não esperava atingir o artista na cuca, que ficou vermelha como uma rosa atirada com bronca. O corpo tocava no chão, como um boneco que se desarmasse, e eu já dava a partida, mas de marcha à ré, o que atirou Mariângela contra o banco. Ré, primeira, segunda, terceira e vôo. Os primeiros minutos pedem toda concentração. Pressa, mas não loucura. Bastante segurança e perícia, depois a calma. Nessa retirada eu sou o quente. A prova é que até agora apenas uma pessoa disse que o Atirador usa carro, provavelmente Fusca.

A primeira reação de Mariângela é um "uff", com o carro já misturado com outros numa rua de Santa Cecília. Continuo a dirigir olhando pra frente, bem tranqüilo porque uma mulher ao lado tira toda a suspeita.

– Vou levar você pra casa – digo com medo de que ela não queira mais me ver.

– Será que alguém viu o carro?

– Acho que não, bonecona.

Subo a rampa do Pacaembu, certo de que a gorducha não está encagaçada. Paramos à porta do sobrado, todo às escuras. Volto a sentir a cabeça de Mariângela em meu ombro. A bonecona morre de sono. Boceja, assopra e depois aspira todo o ar da rua. Dá-me um beijão no rosto já com gosto de saudade. Seus olhões ficam pequeninos, ajaponesados pela vontade de dormir. Passo a mão nos seus cabelos, não serei mais um Lobisomem solitário como o cara da pensão.

– Amanhã telefono pra pensão – diz-me ela.

– Não me faça esperar, Mata-gatos.

A gorducha riu, desajeitada.

– Você deve ter me gozado, não?

– Puxa, se gozei, Mata-gatos. Minha Mariângela Mata-gatos...

A bonecona abriu a porta do Fusca e deu uma corrida até o portão. Mas não entra logo, não entrou ainda. Está acenando sua mão gorda até que meu carro desaparece.

Venha, mas venha com Kelene

*Para
Caio Porfírio Carneiro*

I

Algum imbecil disparava rojões da prestigiada marca Caramuru, comemorando na véspera uma vitória problemática, enquanto os desolados corredores do Oceano Hotel eram pisoteados por uma leva inesperada de jovens hóspedes. Os perturbadores desembarcavam histéricos de enormes ônibus da Breda Turismo e nem um exército de *groons* poderia conter a invasão. Com toda a certeza havia uma reserva coletiva, já que o hotel estava quase vazio no início do inverno, e como a rapaziada temesse a insuficiência de aposentos, explodira a desordem cafajeste do "salve-se quem puder". A primeira conseqüência desastrosa da tropelia fora a queda de um vaso numa das varandas ante o mar, que açulou a turma para os quartos. Veio, depois, mais próximo e irritante, o capítulo do abre-e-fecha portas, pontilhado de gargalhadas e seguido de um silêncio geral que significa: "Quem foi que quebrou o vaso?"

Os faróis dos ônibus lá fora anunciavam seu regresso, ao mesmo tempo em que outros chegavam com mais algumas dezenas de rapazes. Aí novos rojões partiram para o alto, quando um deles, por casualidade ou não, estourou festivamente nas venezianas do apartamento (sala, quarto e banheiro) de Álvaro S. de Castro e senhora, ele tentando ler uma revista para atrair o sono; ela removendo a triunfante maquilagem do dia.

– Filhos da puta! – bradou Álvaro, atirando longe a revista e aproximando-se indignado da janela.

– Não fizeram de propósito – disse Isabel, a esposa, querendo acalmá-lo. – Vá para a cama, que eu vou em seguida.

Álvaro estava lívido.

– Se a janela estivesse aberta poderiam nos queimar. E essa barulheira no corredor? O que está acontecendo? Isto virou um hoteleco do José Menino? Enquanto não concluírem a reforma da nossa casa não volto mais aqui – engrossou, como se falasse diretamente com o dono do hotel, num protesto de toda a sua classe social.

A esposa continuou a remover a maquilagem, com o rosto impassível, mas os raios X revelariam o sorriso embutido de quem se divertia com as freqüentes crises nervosas do marido. Além disso, Isabel detestava ver o Oceano às moscas ou com os hóspedes habituais. Preferia-o cheio de estranhos, principalmente de moços, e não fazia questão de conhecer a conta bancária de uma pessoa, se ela lhe agradasse.

– Ouça, ouça! – ordenou Álvaro, possesso, como se os ouvidos de quem quer que fosse precisassem de ordem para ouvir o estouro de mais um robusto rojão.

Incontinenti, como se o segundo rojão fosse um sinal preestabelecido, as portas do corredor abriram-se estrepitosamente e os novos hóspedes percorreram os corredores para receber os que acabavam de chegar pelos últimos ônibus. Outros, das suas janelas, faziam a recepção gritando nomes ou proferindo palavrões.

Isabel ergueu sua loura cabeça lembrando-se da razão de tudo, a explicação dos rojões, do tumulto no corredor e dos trechos de músicas que nele transitavam. Sorriu, dirigindo-se ao marido com o mesmo ar de benevolência e perdão com que recebia os fotógrafos das colunas sociais.

– Álvaro, é o Festival! Não leu os jornais?

O marido apontou o dedo ao chão, como se pretendesse furá-lo.

– Aqui? Aqui no hotel?

Ela sacudiu a cabeça, afirmativamente. Como fora esquecer? O Festival ia ter sua finalíssima após diversas turbulentas rodadas na TV Ipiranga de São Paulo, na Guanabara e em Porto Alegre. Na penúltima eliminatória, a coisa esquentara e organizaram-se verdadeiros partidos musicais.

A informação não conteve nem satisfez aquele que era um dos principais hóspedes do Oceano, desde o início da sua espetacular carreira no mundo dos negócios.

— E o Rodney permitiu isso?

Isabel rebateu, firme:

— Permitiu? A idéia deve ter sido dele. Já pensou na promoção para o hotel, decadente como está?

Álvaro pôs a mão firme na maçaneta, decidido:

— Vou reclamar ao Rodney!

Vestindo uma de suas belas camisas esporte, das quais fora um dos introdutores na sociedade, arcando com elas sua agressiva presença, Álvaro seguiu pelo corredor já silencioso.

O saguão estava superlotado, como nas noites do *réveillon*, mas evidentemente por outra fauna humana. Eram dezenas e dezenas de moços e moças que se abraçavam, beijavam-se e trocavam insultos para fazer graça. Boa parte deles portava maletas e instrumentos, vestidos em seus trajes extravagantes e com o rosto parcialmente coberto por vastas e rebeldes cabeleiras. Álvaro penetrou a multidão, a princípio crente de que bastaria sua austeridade para restituir a paz e a ordem ao hotel.

Mas, na verdade, apenas um dos rapazes o notou!

— Escute aqui, ó chapa! Você é da emissora local?

Álvaro murmurou um "não" e continuou seu dificultoso trajeto com um ódio visível e inútil de todos.

Por trás do balcão circular da portaria estava a cabeleira branca de Rodney, sobre um rosto afogueado, em sua cômica imagem de morango com *chantilly*, popular em toda a orla. Com estudada paciência, o proprietário defendia-se dos ataques de uma dúzia de rapazolas, alguns armados sim, armados, com guitarras elétricas, acusando-o, desrespeitosamente, de não ter garantido número necessário de aposentos.

— Muitos caretas não participam do Festival — argumentava um dos rapazes. — São os tais bicões, não conhece? Dizem-se jornalistas, compositores e os cambaus. Mas não são nada, morou? Não é justo que esses putos ocupem nossos quartos.

Um alarido aprovava a explicação, enquanto Rodney, tentando sorrir e mostrar-se calmo, prometia que todos seriam alojados, pois o hotel possuía muitas camas de reserva. Quatro delas poderiam caber em cada quarto.

Um dos mais cabeludos, que segurava possessivamente sua guitarra, fez um ar de escândalo!

— Não vá me dizer que Clemente Vinhas também vai ficar com três num quarto!..

Aos demais essa possibilidade também era desmoralizante.

— Ele é capaz de se ofender, ir embora e aí adeus festival! — berrou um dos moços do grupo.

— Se Vinhas se retirar, alguém pode incendiar o hotel — disse outro com toda a naturalidade.

Rodney nem assim perdeu a calma e fez uma revelação apaziguadora!

— O senhor Clemente Vinhas ficará no apartamento governamental.

Álvaro, bastante perto dele, puxou-o pelo braço, revoltado. Certa vez, numa temporada superlotada, Rodney lhe negara o apartamento do governador, pretextando reforma, e agora o cedia a outro. Quem era esse Clemente Vinhas que impunha tanto respeito e solidariedade? O nome não lhe parecia estranho, mas quem era?

— Que maçada! — exclamou Rodney. — Mas eles têm razão. A Ipiranga não determinou o número de aposentos. Agora tenho que me virar, senão vai ser o diabo!

— Rodney, você enlouqueceu! — censurou-o Álvaro. — Como permite que se faça aqui o tal *show?*

— Não é um simples *show*, é o Festival.

— Que diferença há? — rebateu Álvaro, ainda com os olhos nos invasores que continuavam a delatar os bicões e a exigir sua retirada dos quartos em altos brados.

— É uma espécie de San Remo, um certame interessantíssimo.

— Deviam tê-lo feito no Pacaembu, não aqui. Você acaba perdendo seus hóspedes tradicionais.

— Ora, esses já perdi. Todos agora têm casa própria. O senhor está aqui porque a sua está em reforma, não é verdade?

— Quando vai terminar essa baderna? Eu e Isabel pretendemos ficar até quarta-feira e não suportamos seu Festival e seus cabeludos.

— Tranqüilize-se, amigo. A finalíssima é amanhã à noite.

Álvaro ia afastar-se, sentindo a inutilidade do protesto, quando viu sobressair-se na onda humana um braço aflito que insistia em chamar-lhe a atenção. A outra mão segurava perigosamente um copo de uísque, ameaçada pelos empurrões. Era Raimundo Gianni, ainda não embriagado, mas a caminho de sua libertação etílica.

– Você também aqui, no meio desses doidos?

– Vamos ao bar antes que me derrubem o copo.

Raimundo Gianni era um hóspede bissexto do Oceano; escritor de circulação noturna, chegara a uma segunda edição com seu romance *Neve nos Trópicos*, com o qual introduzira desinibidamente o palavrão nas letras nacionais. Mas não ganhava dinheiro, contendo-se com o êxito financeiro dos amigos.

– Você também não sabia do Festival? – perguntou Álvaro.

– Vim por causa dele, está na cara.

– Por que está na cara?

Raimundo confidenciou com seu ar gaiato que sempre ostentava por vício ou instinto de defesa:

– O diretor da Rede Ipiranga de Televisão me apresentou Clemente Vinhas e seu clã. Quando o garoto soube que o escritor Raimundo Gianni sabia redigir cartas e notícias, convidou-o para ser seu relações-públicas.

Álvaro escandalizou-se:

– Quer dizer que trabalha para essa garotada?

– Vinhas paga-me três milhões de cruzeiros por mês para escrever algumas bobagens.

– Não acha humilhante?

– Não há trabalhos humilhantes.

– Mas você é um escritor, um homem relacionado!

– Lembra-se de quando lhe pedi um emprego em sua empresa? Bem, não quero revolver águas passadas, mas você me disse na lata que eu era incapaz para qualquer serviço. Você e uma meia dúzia de amigos ricaços aqui do Guarujá. Ninguém quis nada comigo e eu estava numa lona de dar pena. Com Clemente Vinhas nem precisei pedir.

Álvaro desviou o olhar para a porta onde um número maior de jovens agora se aglomerava. O ruído crescia e novos rojões foram disparados sucessivamente. Muitos começaram a gritar. Alguma pessoa muito importante estava chegando, recebida como um rei.

– É o meu patrão que chega em seu Mustang – disse Raimundo Gianni.

II

Clemente Vinhas contava sempre em suas viagens com uma fiel e atrevida divisão de batedores; rapaziada impulsiva, que, não tendo o talento musical do líder, resignava-se em alardear sua presença com o ruído de motores envenenados. Justiça lhe seja feita, Vinhas era mais comportado que seus crentes e não costumava dar-lhes excessiva importância. Guiava o Mustang em velocidade moderada, conduzindo o empresário Max Logan e uma noticiarista da imprensa especializada, Glória Maria, seu namoro mais sério nos últimos meses.

— Lá está o casarão! — bradou Glória. — Deve estar podre.

— Não está podre — retrucou Max. — A Ipiranga não escolheria um lugar podre.

— Já se hospedou aí, velhão? — perguntou Clemente.

O empresário, que aos cinqüenta anos enriquecera, montado nas costas de Vinhas, foi sentimentalmente exato:

— Sempre fiquei por fora. Tentei ser *maître* do Oceano, uma vez. Me cuspiram na cara.

Os batedores rodearam os últimos ônibus estacionados no parque do hotel. Uma sinfonia de buzinas teve início e dois moços e duas moças surgiram à entrada do estabelecimento com uma faixa de boas-vindas a Clemente. Certamente os outros concorrentes ao Troféu Ipiranga não tinham tido nem teriam a décima parte daquela consagrada recepção, o que para Max já garantia a vitória.

— Cuidado, Clem, não vá esmagar seus fanáticos! — advertiu Glória.

O ídolo dirigiu o carro lentamente até a entrada central do hotel, mas não se encorajou a abrir a porta com receio de que lhe estraçalhassem a blusa aluminizada. A princípio, esse tipo de manifestação era a realização de um sonho ou milagre; agora, já se irritava com sua popularidade.

— Como é, vão me deixar sair?

Um homem, à entrada do Oceano, usava os braços para afastar os fãs mais insistentes: era o relações-públicas em pleno exercício de suas funções.

— Pode sair, Clem! Não tenha receio. Todos o querem inteiro para ganhar o Festival.

Clemente, Max Logan e Glória saíram.

— Já arranjou meu apartamento, Gianni?

— Não tem mais apartamentos — respondeu o escritor.

— O que está dizendo, veadão?

— Você vai ficar na suíte governamental!

— No duro?

— Quebrei o galho!

Raimundo Gianni fora realmente quem convencera Rodney a ceder a suíte do governador a Clemente. Poderia ser um privilégio perigoso, mas o fato é que Aristides Gandra, o mais direto adversário de Vinhas, hospedara-se em casa de amigos junto à praia, e lá organizara o quartel-general do samba dássico.

— Venha, patrãozinho. Antes, porém, quero que aperte a mão do Rodney, o dono disto. É aquele morango com *chantilly*! Seu Rodney, apresento-lhe o Papa.

Rodney fez uma exagerada reverência.

— Seu apartamento está em ordem.

— Meu empresário vai comigo. Quero que arranje um lugar para esta moça.

Glória apertou o braço de Clem.

— Mas não sou eu quem vai ficar com você?

— Vamos evitar mexericos — disse Vinhas, pondo fim ao assunto. — Cuide dela por mim, Gianni. Obrigado, seu Rodney, pela suíte. Não era preciso tanto.

Enquanto Clem e Max se afastavam, conduzidos por um *groon*, Rodney acercou-se de Gianni para comentar:

— Parece um rapaz simples. Gostei dele!

— O dinheiro põe em evidência todas as virtudes humanas — disse Raimundo — Principalmente torna as pessoas simples. Já observou como todos comentam a simplicidade da rainha Elizabeth, de Onassis e de Rockefeller?

Glória Maria, que começara mal a noite, posta de lado por Clemente, impacientou-se:

— Não quero ficar nesta barulheira. Onde é o meu apartamento?

— Vamos colocá-la com mais três jornalistas.

— Eu? Com mais três? — protestou Glória.

— Não se importe, querida. Apenas duas são lésbicas. Venha comigo.

95

Raimundo puxou Glória pelo braço como se ela fosse uma escolar rebelde, desaparecendo ambos no confuso saguão. Foi a oportunidade para Álvaro acercar-se outra vez de Rodney, com redobrado furor.

– Queria que os Albuquerques, os Prados e os Sampaios vissem isto!

– Isto o que, homem?

– Esta barafunda! Parece um hotel de terceira categoria! Que saudade do antigo Oceano.

– Ora, não posso deixar de ganhar dinheiro só porque meus antigos hóspedes sentem saudade.

– Já que estava necessitado, por que não promoveu uma festa beneficente? Isabel e as outras senhoras poderiam ajudá-lo.

– Essas tais festinhas nunca me renderam nada.

– Mas deram prestígio à sua casa.

– O que você prefere para seus produtos: prestígio ou lucros? Nem sempre é possível obter-se as duas coisas, não é?

Álvaro continuava no mesmo estado de ânimo.

– Quando o vi curvar-se ante aquele...

O dono do Oceano bateu nas costas de Álvaro, cordialmente.

– Meu caro, não se oponha tanto aos jovens. Isso ressalta sua calvície. O mais correto é aceitá-los como são e ouvir o que têm a dizer.

– Eles quebraram um vaso no segundo andar! Seus antigos hóspedes quebravam vaso por farra?

– Realmente, não. Costumavam roubá-los.

Álvaro voltou as costas a Rodney, disposto a não ver nele mais que um mero comerciante. Felizmente tinha a sua casa de praia onde poderia gozar suas temporadas sem promiscuidade. Reconhecendo que já perdera muito tempo com sua teimosa indignação, deixou o saguão, subindo às pressas pelas escadas de mármore. Ao chegar ao corredor, levou um choque vendo Isabel caminhar em sua direção, muito elegante em calças compridas de cetim.

– Onde está indo, Isabel?

– Ia ao seu encontro. Você estava demorando e fiquei preocupada.

– Vamos dormir.

Isabel encostou-se toda nele, num sutil esforço para dominá-lo.

— Gostaria de dar uma olhada no saguão. Parece que há uma festa.

— É melhor não ir. Você iria sentir-se uma velha lá embaixo.

— Mesmo assim gostaria...

— Vamos dormir.

Álvaro já fazia girar a chave na fechadura da porta do apartamento quando Raimundo Gianni despontou na extremidade do corredor. Como sempre, não perdia a oportunidade de curvar-se ante a bela Isabel para beijar-lhe a mão.

— Não dê muita atenção a esse cavalheiro — aconselhou Álvaro. — É um traidor. Passou-se para o lado dos bárbaros por trinta dinheiros.

— O que quer dizer isso, Gianni?

O escritor, num gesto hábil, entregou a Isabel um minúsculo cartão de visitas.

— Sou relações-públicas.

— Relações-públicas de quem?

— De um rei.

— Que rei?

Álvaro, no ouvido da esposa, mas falando alto, explicou com ar de lástima:

— É uma espécie de valete de chambre de Clemente Vinhas. Sabe quem é Clemente Vinhas, minha filha? Fiquei sabendo hoje.

Raimundo colocou-se entre os dois.

— Quer apostar como ela sabe? As esposas dos homens ricos são sempre jovens, Álvaro. Não perdem o contato com a juventude. Diga-lhe quem é Clemente Vinhas, Isabel.

Isabel era a pessoa mais tolerante em relação a Gianni.

— Você, relações-públicas de Clemente Vinhas? Parabéns! Ora, Álvaro, claro que conheço o rei. No Festival passado era apenas um rapazinho tímido, mas agora só dá ele nos jornais. Acho suas músicas ótimas.

— Gostariam de conhecê-lo? Talvez consiga que ele os receba na suíte governamental. Posso tentar.

— Vamos, Álvaro, vamos conhecê-lo.

— Não me interessa.

— Mas só por curiosidade! Você não vai se diminuir por isso.

— Pra cama, Isabel. Já me aborreci o suficiente esta noite.

III

Clemente Vinhas passeou por toda a suíte enquanto Max atracava-se com o telefone, pedindo ligações internas com os jornalistas que já haviam chegado. Estava sempre em atividade, agindo autonomamente, pois o artista não se preocupava com promoções publicitárias. Suas roupas extravagantes eram sua marca e bastavam para manter-lhe a popularidade.

– Não comece com os telefonemas – implorou Clem. – Você me enche quando quer me mostrar trabalho.

– Aristides Gandra deve estar fazendo o mesmo. A onda das últimas vinte e quatro horas é decisiva.

– Estou cansado, Max. Peça um suco de tomate.

– Peço, mas preciso malhar os colunistas.

– Acho que não vou tomar suco de tomate, vou de uísque.

Max protestou:

– Você se arrebenta com uísque, tome o suco.

– É mesmo, o álcool me estrepa todo. Tenho um fígado de merda. Chame o suco.

Max ergueu o fone e teve uma idéia:

– E se fizéssemos aqui uma entrevista coletiva ou um troço qualquer assim? É para aproveitar a suíte, entendeu? Você está na suíte governamental e todos precisam saber disso.

Clemente atirou-se na cama por inteiro e pôs-se a olhar o teto.

– Quantos governadores teriam se hospedado neste quarto?

– Uma porção deles. Não tenho idéia. Quando você nasceu, Clem, o Oceano já era velho.

Clemente saltou de pé, visivelmente inquieto.

– Ainda não sei se tomo suco de tomate ou uísque.

– O que é que você tem? Está nervoso?

O compositor chegou-se bem perto do balzaquiano Max:

– Acha que posso ganhar o Festival?

– Pra mim já ganhou.

– Então chame o suco duma vez.

Max ia apanhar o telefone quando bateram na porta. Demorou a abri-la com receio de que fosse algum importuno. Quem entrou, num só ímpeto, trazendo bandeja, garrafa de champanha e três taças foi o trêfego relações-públicas, Prêmio Fábio Prado de Literatura.

— A última francesa da adega do hotel! Tive boa idéia?

— Clemente não deve tomar álcool.

— Vou de champanha, sim, Max. Obrigado, Rai. Você está se saindo melhor do que a encomenda.

— Agora observem a classe. Abro esse troço sem derramar uma gota.

— É verdade, Rai, que você já foi comunista? – perguntou Vinhas com viva curiosidade.

— Nos tempos das vacas magras – esclareceu Gianni, concentrando-se todo e com êxito na nobre tarefa de abrir a champanha. Encheu as três taças até às bordas. – À vitória de amanhã.

Clemente, num só gole, tomou a champanha, sob os olhares doentios do empresário.

— Não me olhe assim, Max. Na Argentina, ele era empresário de pugilistas, Rai. Por isso que está sempre me impedindo de beber. Como estão as coisas lá embaixo?

— Um pandemônio!

— Por quê?

— Aristides Gandra chegou com seu grupo.

— Como ele está?

— Com aquela calma habitual. Mas quem sabe como está por dentro?

— A música dele é muito boa, não acha?

Raimundo não perderia a excelente oportunidade para marcar pontos:

— Extremamente convencional. Aristides representa um mundo que não existe mais. Você, não, Clem, você é a juventude que chega, é o som universal. Não confundamos talento com genialidade.

Clemente fez sinal a Gianni que enchesse novamente sua taça. Um elogio daqueles merecia outra dose.

— O que você fez com Glória Maria?

— Está num apartamento com outras jornalistas.

— Ela deve estar por conta comigo, não?

Raimundo sacudiu a cabeça, afirmativamente.

— Está uma onça. Fiquei com pena.

— Já me cansei dela – confessou Vinhas. Parecia diferente das outras, mas é exatamente igual às que tenho conhecido.

— Mas é bonita.

— Há milhares de garotas bonitas me enchendo o saco. Queria uma que... não sei. Como dizem os turfistas? Subir de turma, não é assim? Queria subir de turma. Será que há no hotel algo diferente para me entreter?

Raimundo forçou um pouco a memória e respondeu:

— Bem, não vi nenhuma das grã-finas. A única mulher bonita que está aí é Isabel de Castro. Mas tem dez anos mais do que você e é muito rica.

— Pode apresentar-me a ela?

— O marido é um bode ciumento.

— Mas você é meu relações-públicas.

Raimundo Gianni fez uma sugestão que ninguém entendeu se era por brincadeira ou não:

— Se eu lhe conseguir Isabel de Castro você me aumenta o salário?

— Cinqüenta por cento — garantiu Clemente.

— Pois você vai conhecê-la e se der sorte paparei mais um milhão e meio.

— Mais uma taça, Rai.

IV

A piscina do Oceano, na manhã seguinte, apresentava um aspecto carnavalesco. As preces da juventude substituíram o frio da véspera por um calor de janeiro. Rodney, muito esportivo, comandava seus *maîtres* e garçons, que circulavam com toda a variedade de refrescos. Os cigarros americanos também estavam tendo satisfatório consumo, o que era duplamente agradável para Rodney, que sempre praticara esse inocente contrabando. As moças e os moços acotovelavam-se nas águas; quem quisesse entrar na piscina lotada teria que pedir licença para conquistar pacientemente um reduzido espaço. Mas o carnaval não era só esse aglomerado; o que mais o caracterizava eram os gritos gerais, uma alegria esfuziante e a diversidade de tons dos maiôs e calções.

Raimundo Gianni chamou logo a atenção com um robe que ostentava um enorme dragão bordado e um brasão multicor. Fisicamente destoava de todos os banhistas, mas era com certeza um dos elementos mais populares naquela manhã. Sentou-se sob um guarda-sol coletivo e fez sinal ao garçom para que lhe trouxesse um *sower* com a maior urgência.

— Viu Clemente?

Era Glória Maria, sentada a seu lado, que lhe perguntava.

— Suponho que ainda não desceu.

— O que há com ele? Com medo de Aristides Gandra?

— Está um pouco esquisito. Tenha paciência com ele, menina. Glória estava mais magoada do que Gianni supunha.

— Se ele não me procurar hoje, vai ter uma grande inimiga pela frente.

— O Festival bole com os nervos de todos.

A atenção de Raimundo não se prendia a Glória, mas ao casal Castro que tentava circular à piscina, ela perfeitamente à vontade, ele com a mesma cara de nojo da noite. Gianni acenou com sua cordialidade matinal e fez questão de oferecer a poltrona para a bela Isabel.

— Aqui há uma boa sombra. Vai tomar banho, Isabel?

— Não — respondeu o marido. — Com essa gentalha aí na piscina não posso consentir.

— Hoje o mais divertido é assistir — disse ela.

Raimundo, num tom de voz estudado, confidenciou:

— Ontem, antes de dormir, passei pela suíte real, isto é, governamental. Bom rapazinho esse Vinhas. Não está gostando nada da algazarra. E parece muito preocupado com o que possam pensar os hóspedes do hotel. Quando lhe disse que havia aqui um casal de amigos, incontinenti mandou oferecer-lhes um camarote no auditório. Vocês terão a sorte de ver um espetáculo sensacional: o choque de duas mentalidades criadoras, a de ontem e a de amanhã.

— Foi muita gentileza da parte dele — apressou-se em dizer Isabel. — Não faltaremos.

— Quem mais estará nesse camarote? — indagou Álvaro.

— Eu, o empresário Max Logan e talvez o próprio Rodney.

— Espero que a coisa não degenere em pancadaria.

— Aí seria ainda mais divertido — comentou Isabel.

— Já pensou em nós envolvidos numa guerra entre esses vândalos? — disse o industrial.

— Não exagera, Álvaro. Eles são belicosos na aparência.

— Aquele não é Clemente Vinhas? — indagou a ensolarada Isabel, lançando seu dedo longo na direção da piscina.

Sim, era Clemente Vinhas, que, espalhafatosamente embrulhado num traje oriental, fazia triunfante entrada no cenário, ao lado de Max. Glória seguia logo atrás, disparando sorrisos, para dar a entender que tudo entre ela e o ídolo ia bem. Até os banhistas interromperam seus movimentos para observá-lo, e a primeira caçadora de autógrafos precipitou-se sobre ele.

— Clemente, aqui! — bradou Gianni, ansioso por apresentá-lo aos seus amigos.

O compositor-cantor ouviu a voz de Gianni e desembaraçou-se do pequeno grupo que o cercava. Foi caminhando rente à piscina com aquela naturalidade que todos adoravam, depois de fazer discreto sinal a Max e a Glória para que não o seguissem. Diante de Raimundo, abriu os braços com graça e exagero.

— Eh, Gianni, o que significa esse dragão?

— Esse é o dragão que papou São Jorge!

— Você está dando *show* com essa camisola.

Raimundo estendeu o braço na direção dos amigos.

— Clem, queria apresentar-lhe gente importante. Aqui estão dois Vips autênticos: o senhor Álvaro de Castro e Isabel, uma grande dama.

Vinhas curvou-se humildemente e beijou com a maior correção a mão de Isabel. A Álvaro endereçou um sorriso a queima-roupa, já muito fotografado pelas revistas de televisão.

— Jamais conheci Vips de verdade — confessou.

— Gosto muito de sua última composição *Congresso Quá-quá-quá* — declarou Isabel. — Uma sátira deliciosa!

— Tive muito trabalho para provar à censura que não era uma sátira deliciosa.

— Mas gosto também de *Bananalândia*. O senhor está criando um estilo novo e desconcertante.

— Para muitos não passo de um *bluff*.

Álvaro, não querendo ficar muito distante da conversa, lembrou um nome de música:

– Ouvi uma música sua... Gostei muito. *Jato Puro em Céu Azul*, não é assim que se chama?

– É, senhor Álvaro, mas a música é de Aristides Gandra. Ele vai disputar o Festival. Um moço de incrível sensibilidade.

Raimundo aparteou:

– Mas muito convencional. É um neto do Sinhô. Não traz nada de novo.

Clemente, com habilidade, defendeu o adversário:

– Não concordo muito, Rai. Aristides é conservador na linha melódica, mas suas letras são bem modernas. *Jato Puro em Céu Azul* é uma delas.

– Você é muito cavalheiro – disse Gianni. – Olhem... Que tal se nos sentássemos sob aquele guarda-sol?

Isabel:

– Seu Clemente deve ter muito que fazer...

O ídolo respondeu em cima:

– Não pretendo fazer nada até a hora do Festival. E prefiro conversar com pessoas que não pertençam ao *métier*.

Rodney, ao observar de longe a aproximação entre o ilustre casal e Clemente Vinhas, ordenou a um dos garçons que se apressasse em atendê-los. Logo mais, enquanto Gianni e o casal consumiam o seu uísque, o cantor sorvia um gigantesco copo de refresco de maracujá. Apenas Álvaro ainda demonstrava embaraço, sendo Isabel a mais desinibida de todos.

– Dizem que suas músicas são subversivas – comentou Isabel. – Concorda com isso?

– São, realmente – confirmou Clemente. – Pregam a paz e a igualdade. E fazem também alguma gozação.

Álvaro tinha uma pergunta na ponta da língua:

– Por que suas roupas são tão escandalosas?

– Escandalosas? Até que uso pano demais! As fábricas de tecido me adoram.

– Quis dizer berrantes.

Clemente nunca precisava fazer pausa para responder:

– É um truque muito evidente. Visto-me assim para chamar a atenção sobre a minha pessoa.

– E isso é honesto? – insistiu o Vip.

Clemente já estava na metade do seu maracujá.

– Ganhei mais de cem mil cruzeiros novos no mês passado... O que o senhor acha? Deveria vestir-me discretamente e contentar-me com cinco ou seis mil?

Castro resolveu passar à ofensiva:

– Então o senhor não é um artista, é um comerciante!

Resposta de tenista:

– Sou artista e comerciante.

– Isso é possível?

– Sou a prova disso.

Gianni interveio fazendo sinal ao garçom cativo que lhe trouxesse outra dose.

– Alvinho, por que vocês, os capitalistas, se irritam tanto quando um músico ou escritor ganha dinheiro? Logo vem o piche: "comerciante!" Todos nós gostamos de dinheiro. Não há nada mais sadio neste mundo.

– Você é um cínico, Gianni.

– Escute aqui, meu caro... Se Van Gogh tivesse vivido uns trinta anos ele inventaria uma máquina de fazer girassóis! Todos os artistas querem vender sua mercadoria! É o que Clem está fazendo.

– Mas é preciso apelar para esses meios?

Clemente, que não se ofendia com os ataques, argumentou:

– A publicidade diz que não adianta anunciar o que é ruim. O produto logo é desacreditado. Se minha música não presta, dentro de um ano estarei esquecido com todo o meu guarda-roupa. Não se preocupe com isso.

Isabel quis que a reunião terminasse em paz.

– Álvaro está apenas querendo discutir a questão.

– É evidente – disse Raimundo. – Ele nunca se apressa em aceitar as novidades. Não é tolo.

Clemente viu com o canto dos olhos Glória Maria rondando por aí, desejosa, na certa, de ingressar no grupo. Fez questão de ignorá-la, sem desviar os olhos do casal.

– Vão assistir ao Festival?

– Vamos – confirmou Isabel. – E torceremos por você.

– Torçam pelo melhor – disse Clemente, com sua estudada modéstia. – E prestem atenção na música de Aristides Gandra. Ele pode ganhar.

V

Para Clemente Vinhas uma mulher como Isabel era uma novidade em carne e osso; conhecia o tipo apenas pelas colunas sociais. Fez-lhe bem o contato a ponto de sonhar uma aventura passageira, já que ela o recebera com tanta simpatia. Por outro lado, contaria com a proteção e conivência de Raimundo Gianni, um ótimo trampolim para as relações com a alta sociedade.

– Que papel ridículo fez hoje, na piscina, o seu amigo Gianni – comentou Max. – Nunca vi um rufião igual!

O compositor-cantor, abandonado no divã da suíte, sorriu prolongadamente, lembrando algumas cenas da manhã. Raimundo exagerara quase a ponto de chamar a atenção do aristocrático sr. Álvaro, e, num momento em que este se ausentou por instantes, para atender a um telefonema, disse à Isabel uma frase comprometedora: "Sabe que Clem vai dedicar a você a vitória desta noite?". Há muito tempo que Vinhas não se sentia embaraçado, embora notando, com surpresa e fascínio, que ela recebia a homenagem com a maior naturalidade.

– Ele é mesmo um cara-de-pau! – exclamou Clemente.

– Por favor, Clem, esse é um jogo perigoso. Não vá se distrair demais ou causar encrenca justamente no grande dia.

– Já fiz alguma besteira, desde que me conhece?

Max fez um sinal negativo, reconhecendo que Vinhas era duma correção elogiável na sua idade. Outro, em seu lugar, teria permitido que a fama lhe subisse à cabeça.

– Mas é a primeira vez que encontra uma Isabel de Castro. É mais seguro ocupar-se com a Glória.

– Uma paixão vai bem agora. Estou precisando de uma onda. Há mil caras querendo me ver cair do cavalo.

– Soube que estão organizando uma torcida para Aristides, mas não se assuste.

– Nunca me assusto, você sabe.

– Está confiante?

Clemente ergueu-se do divã, pensativo. Max acompanhava seus passos e reações com interesse fotográfico. Seu pupilo era uma incógnita em certas ocasiões, o que atribuía à sua indiscutível genialidade. Repetiu a pergunta, quase em tom de súplica.

— Se a opinião pública influir nos jurados, eu perderei — declarou Clemente. — São uns quadrados. No fundo, todos ainda gostam do Orlando Silva.

— Você tem um público enorme.

— Sei disso, Bisnaga.

— O que você disse?

— Bisnaga. Acho que acabo de lhe dar um apelido: Max Bisnaga. Soa bem. Como eu ia dizendo... O que eu dizia? Ah, sim, você dizia que tenho um grande público. Mas é um público meio besta. Gosta de minhas roupas e do cabelão. E não entende picas do que faço.

— Não é verdade.

— Sou pra frente demais, Bisnaga.

— Não podia dispensar esse apelido?

— Você mesmo deve gostar mais dos sambões do Aristides.

— Apesar da minha idade, prefiro...

O telefone tocou: Clemente olhou para o aparelho com maliciosa intenção. Fez sinal para que Max atendesse, advertindo:

— Não estou para Glória.

— E para a imprensa?

— Atenda, Bisnaga.

O empresário ergueu o gancho:

— Quem quer falar com ele? Uma amiga?

Clemente arrancou o fone da mão de Max e foi aproximando-o do ouvido com lentidão e volúpia. Mas inquiriu com rudeza:

— Quem é? — Em seguida, virou-se para o empresário e piscou. — Engraçado, não saí esta tarde do apartamento na esperança de que me telefonasse. Queria também lhe pedir desculpas pelo procedimento do Gianni. É um fofoqueiro, a senhora deve saber. — Depois de uma pausa, tornou a falar: — Há mais sinceridade numa palavra sua do que toda onda dessa gente. Obrigado.

Ao vê-lo desligar, Max saltou ao lado de Clemente.

— Era Isabel?

— Sim, a *lady*.

— O marido estava perto?

— O que acha, Bisnaga? Se estivesse perto ela telefonaria com todo esse melado?

— Estava melada?

Clemente deu um soco no ar e saltou no divã numa arriscada acrobacia.

— Não vá se arrebentar, rapaz!

— Estou cheio de ar! Como um balão! Agora me conte, Bisnaga, como é que você arrancava dinheiro daqueles pugilistas fajutos na Argentina?

— Nunca fajutei porra nenhuma!

— É verdade que pôs um canceroso no ringue? Conte isso, Bisnaga.

— Você tirou a tarde para me encher.

— Gosto de você, Bisnaga!

Max sabia que Clemente ficava inquieto e um tanto agressivo nos momentos decisivos da carreira, por isso não se magoava. Ou fingia muito bem não magoar-se. Resolveu deixar o ídolo sozinho para ver o que os decoradores faziam no salão de festa. Ao abrir a porta, deu com Raimundo Gianni que chegava.

— Clem está aí dentro?

— Não lhe tome muito tempo — advertiu Max. — Ele precisa ensaiar.

Gianni entrou, já com os braços estendidos, em ritmo de apoteose. O astro estava outra vez largado no divã, com os olhos no teto e a boca entreaberta. Parecia ainda mais franzino assim, quando abandonava o corpo em câmbio morto.

— Tudo em paz, tetrarca?

— Quero passear de navio — disse Clem seriamente.

— O que é isso? Nova música?

— Pode ser... Quero passear de navio... É uma idéia. Sabe quem me telefonou?

— Não vá dizer que foi Isabel...

— Desejou-me felicidades.

— Você nasceu pra Lua, tetrarca. Isabel não tem feito bobagens por aí e o marido é pente-fino.

Clemente levantou-se e pegou a guitarra, consultando o relógio. Faltavam poucas horas para o Festival e ainda não ensaiara a sua música.

— Tenho um motor aqui no peito... A mulher de seu amigo é gasolina azul.

— Por que Max estava com aquela cara?

— Precisa bancar o empresário perfeito. Está fazendo tipo. Ah, antes que me esqueça: dei-lhe um apelido. Veja como soa bem: Max Bisnaga. Quando quiser irritá-lo, chame-o assim.

Raimundo Gianni explorou um pouco a situação:

— Viu como a joguei em cima de você? Percebeu meu trabalhinho, não percebeu?

— Você é o próprio vexame.

— Vai me dizer que não gostou, tetrarca?

— Por que não abre um puteiro, Rai? Isso de escrever parece que não dá pé, estou certo?

— Certíssimo. O negócio é cantar, tetrarca. A época é para mensagens curtas. Como é que está a garganta hoje? Ensaie um pouco se não o Bisnaga estrila.

Clemente ligou a tomada da guitarra e fez os dedos correrem maquinalmente sobre as cordas. Não estava com embalo, faltava-lhe o grande impulso.

— Diga-me, Rai, você gosta mesmo de *Venha, mas venha com Kelene?* Não é furada, não?

Gianni não entendia as músicas de Vinhas e geralmente precisava ler tudo o que diziam os colunistas para roubar-lhes argumentos. Procurava honestamente gostar do que o patrão fazia, mas sempre que tentava ficava com a impressão de que tinha cem anos de idade.

— É um desafio, tetrarca.

— Que dirão os bolhas?

— Você não compõe para eles, Clem.

Clemente cantou a primeira estrofe baixinho, procurando esquentar a voz. A letra criara problemas na censura porque, diziam, induzia os jovens a fazer uso de entorpecentes. Para um dos colunistas a música representava a fuga total, a alienação suicida de uma geração violentamente marginalizada. Gianni, evidente, lera o comentário e traduzia-o em suas palavras.

— O que a sua geração pode fazer? Dar festas, nada mais. Grandes e alucinantes festas. Reunir-se em torno de uma ampola. É uma de suas músicas mais sérias, tetrarca.

Clemente ouvia e cantava com a boca retorcida, como se tivesse ódio de tudo:

Venha, venha com Kelene,
venha com Marlene,
venha com Mustang,
venha de azul ou de vermelho,
nas venha com Kelene.

A música era toda assim, um convite. Gianni começou a gingar contagiado pelo ritmo.

Venha de califa,
venha nu e tatuado,
venha no escuro ou de holofote,
venha como quiser,
venha como puder,
mas venha com Kelene.

Havia, depois, toda uma seqüência de sons histéricos, sofredores ou apaixonados que lembravam os mambos de Perez Prado misturados com ritmos de frevo e baião. Uma salada com bastante tempero e desinibição, que jamais seria cantarolada num ônibus, num elevador, mas capaz de causar forte impressão no público mais exigente.

— Isso passa, Rai? Passa?
— Para mim já passou.
— Agora é ir em frente.

Nesse instante, ambos ouviram rojões e buzinas. Correram para a janela da suíte e viram um enorme grupo de rapazes e moças que se aproximavam do Oceano. Carros buzinando invadiam a área do hotel, ostentando faixas. Eram os fãs de Aristides Gandra que chegavam belicosamente.

VI

Quando correram as cortinas do salão de festas, o próprio apresentador da TV Ipiranga espantou-se: todo o auditório, o balcão e os corredores estavam abarrotados de cabeças, braços, flâmulas e bandeiras. Evidentemente aquilo era um campo de batalha colorido e ruidoso. No balcão principal, o casal Castro observava todo o salão, ao lado de Rodney e de Gianni, que tivera a feliz idéia de fazer-se acompanhar por um litro de uísque, balde de gelo e soda. Max chegou algum tempo depois, bastante preocupado.

— Como está ele? — perguntou Gianni.

— Uma pilha.

Isabel sentiu-se contagiada pelo mesmo nervosismo.

— É tão importante assim vencer?

Max viu o litro de uísque e avançou no copo de Gianni, ele que raramente bebia.

— Na Itália, houve um suicídio. Não leram nos jornais?

— Tranqüilize-se — disse Raimundo. — Clem não fará isso, se perder. Mas ele não perderá.

— Atenção, a coisa vai começar — anunciou Max.

Na primeira parte seriam apresentadas as doze músicas classificadas nas quatro eliminatórias. Destas, cinco ficariam para a finalíssima. Era uma fase do concurso que não oferecia grandes riscos para Clemente e Aristides, como também para Lauro Prates, que empolgava com suas cantigas imitadas dos tempos imperiais. Max ouviu, do camarote, somente algumas apresentações, mais interessado em presenciar o que sucedia nos bastidores.

— Esse empresário está inquieto — comentou Álvaro.

— Está preocupado com sua máquina registradora.

— Quando Clemente vai aparecer?

— Sua música será a última da rodada.

— Ele ganha, Gianni? Você acha?

Isabel sentia, de momento a momento, crescer seu interesse pelo ídolo. Para não traí-lo, recusou-se a aplaudir, mesmo discretamente, os concorrentes iniciais, mas quando Aristides Gandra foi anunciado olhou temerosa para Gianni.

— É um dos quentes — explicou Raimundo.

— Ele é bom mesmo?

— Você vai ver.

Ninguém pôde ouvir com clareza a primeira estrofe do samba-canção de Aristides, tal era a manifestação de solidariedade e entusiasmo do público. As faixas multiplicaram-se pelo auditório, pedindo vitória para *Meu Coração Está em Órbita*. Raimundo afundou-se na poltrona, apavorado, e Álvaro, revelando sua antipatia por Clem, moveu os rígidos lábios tentando acompanhar o estribilho da música.

— Ele está com força total — disse Gianni.

— Esse moço tem talento — declarou Álvaro. — Até este momento seu número foi o melhor.

Isabel, quase com tristeza, admitiu que sim, vendo Aristides retirar-se do palco sob a maior ovação. Seguiu-se a ele Lauro Prates, outro concorrente forte, considerado o mais culto de todos. Sua modinha foi ouvida em silêncio pelo auditório, que unanimemente respeitava o nome de Prates.

— Agora é o último? — perguntou Isabel.

— Não, ainda há outro número dos irmãos Cardoso; é um trio de abafar.

Isabel precisou de uma dose dupla e rápida de uísque para suportar mais essa apresentação. E foi com alívio que ouviu o apresentador anunciar enfaticamente:

— Último número da rodada. Com Clemente Vinhas a música de sua autoria — *Venha, mas venha com Kelene!*

Clemente entrou no palco com os vastos cabelos espetados, uma blusa espacial, de estilo marciano, e sua guitarra elétrica. Um pequeno conjunto, vestido de preto, *Os Demônios*, ia acompanhá-lo como sempre. O relações-públicas olhou para Isabel; seu busto, sensual, arfava. No rosto de Álvaro havia uma resistência de concreto c Rodney recuava a cadeira para dar entrada a Max, que ressurgia no camarote.

Venha, venha, venha...

As faixas foram erguidas mais alto; o público começou a aplaudir e participar, embora os fãs de Prates e Aristides iniciassem vaias. Isabel olhava a platéia, tentando localizar os apuradores.

Não fique em casa.
não fique na rua, não fique na Lua,
venha, venha, venha...
mas venha com Kelene.

O público não ouvia as letras; ia na onda da música ou ficava contra. Muito a favor ou muito contra. Como aumentasse o número dos que vaiavam, os fanáticos de Clem se manifestavam com mais vigor.

Raimundo Gianni saltou de pé, com o copo de uísque na mão:
— Força, tetrarca! Mande brasa!

Isabel levantou-se também, aplaudindo, mas sentiu a mão do marido puxando-lhe o vestido. Voltou a sentar-se, contrariada.
— Não perca a linha — ordenou Álvaro.
— Me deixe aplaudir.
— Não percebe que isso é uma baboseira? O que é Kelene?
— Éter, grosso!

Mal o número terminou, Isabel pediu licença ao grupo, depois de lançar um olhar significativo para Gianni. Em seguida, recolheu-se para o seu apartamento, pretextando dor de cabeça. Voltaria para a segunda parte.

Gianni correu para os bastidores, acompanhado de Max. Viram alguns rapazes e moças abraçando Aristides. Num canto, estava Clem fumando, ele que quase não fumava.
— Vai tudo bem? — perguntou-lhe Max.
— Pergunte ao público.
— Você está calmo, não está?
— Afaste os repórteres de mim, Bisnaga. Não deixe eles me fazerem perguntas.

Gianni puxou Vinhas para junto de uma coluna.
— Ela está gamada.
— Quem?
— Isabel.

Clemente entusiasmou-se:
— Onde está ela? No camarote?
— Foi tomar um comprimido no apartamento.

O ídolo atirou o cigarro no chão, pisou nele e dirigiu-se à porta que dava para o interior do hotel. Gianni viu o perigo e disparou para o camarote; precisava segurar Álvaro, impedir que ele fosse para o apartamento. Chegou justamente no momento em que o magnata ia saindo.
— Onde vai? — perguntou Raimundo.
— Quanto demora o intervalo?

— Uns dez minutos. Dá tempo pra dar um passeio pelo jardim. Está quente aqui, não?

Álvaro deixou-se arrastar por Gianni, não muito docilmente, preocupado, talvez, com a dor de cabeça de Isabel. Mas Gianni só sentiu-se mais tranqüilo quando chegaram ao jardim, também repleto, onde se comentava com ardor as apresentações da finalíssima.

VII

Clemente, beirando as paredes, percorreu os corredores do Oceano com velocidade e cautela. Lembrou-se de que não tinha a certeza de qual era o apartamento de Isabel, mas como todos deviam estar vazios, com exceção do seu, foi batendo de porta em porta. A sorte chegou na quinta tentativa.

— Você?! — admirou-se Isabel.

— Vim ver você um instante, antes que comece a segunda parte.

— Não devia ter vindo aqui — disse ela.

Clem empurrou-a para o interior do apartamento.

— Não tenha receio de nada, Rai está com seu marido.

— Raimundo sabe que você veio aqui?

— Acho que sim — respondeu Clem, fechando a porta.

Isabel resistia, ainda.

— Você não devia ter vindo. Alguém o viu entrar?

— O hotel está um deserto, todos estão no auditório.

— Bem, o que você quer?

— Gostou da minha música?

Isabel abriu a porta do pequeno terraço; se Álvaro chegasse, Vinhas teria que saltar para o térreo.

— Se gostei da música?

— Diga com sinceridade.

— Gostei... Precisava ouvir mais vezes, mas gostei.

— Uma loucura, não acha? Ouviu as vaias dos quadrados? Os bolhas são assim mesmo.

Isabel estava nervosa, não sabia o que dizer.

— Você vai ganhar? Eu acho que vai.

— Ainda temos alguns minutos — disse Clem, avançando para

ela e puxando-a para a cama. – Passei a chave na porta, não tenha medo.

Isabel não opôs nenhuma resistência: deixou-se dominar por Clem, já agradecida pela conivência de Gianni. O que menos lhe pesava naquele momento era a infidelidade, ciente de que não esqueceria mais aquela aventura.

Minutos depois, Clemente já estava diante do espelho do guarda-roupa, recompondo o traje espacial e ajeitando os cabelos com as mãos.

– Por favor, mais depressa – pediu Isabel.
– Você vai assistir ao resto?
– Claro que vou – respondeu Isabel. – Depois nos veremos, não?

Vinhas abriu a porta com cautela e disparou pelo corredor na penumbra. Ao atingir as escadas, quase chocou-se com Max, que subia afoito.

– Onde você esteve?
– O que foi, Bisnaga? Por que está assustado?
– Já estão anunciando as cinco classificadas. Vamos depressa. Vai ter que cantar outra vez.

Clem correu para a coxia; o tempo passara mais depressa do que supunha, pois a terceira música selecionada já estava em seu término, justamente a de Prates. Em seguida, chegava Raimundo em estado de alta tensão.

– Você me pregou o maior susto...
– Por quê?
– Segurei o cornudo quanto pude, mas ele resolveu ir ao encontro da mulher.
– Mas ele não me pegou, não.
– Quer um pente? Você parece um porco-espinho! E o que houve com a blusa?

Clemente olhou para baixo.
– Caiu um botão.
– O susto me deu sede – disse Gianni. – Preciso beber de novo.
– Vá para o camarote, Rai. Veja se Isabel já está lá. Depressa.
– Você manda, tetrarca.

Gianni acotovelou-se até o camarote, onde encontrou Rodney

e Isabel. Álvaro não estava lá. Ajeitou-se em sua poltrona e pegou o litro de uísque.

– Será que Clem está classificado? – ela perguntou.

– Sondei o apresentador da Ipiranga. Ele e Aristides estão nas cinco.

– Onde está Álvaro?

– Saiu à sua procura – disse Rodney.

O apresentador anunciou Aristides Gandra, um dos classificados. Ao pronunciar a primeira sílaba do seu nome, boa parte do auditório ergueu-se para aplaudi-lo de pé.

– O que está acontecendo? – bradou Gianni. – A turma está se baldeando para o lado dele? Que vira-casaca!

– Ninguém entende o público! – exclamou Rodney.

Álvaro entrou no camarote olhando fixamente para Isabel, que fingiu não sentir sua presença, com os olhos no palco, onde Aristides terminava seu número. O magnata levou a mão ao litro de uísque e despejou uma dose enorme no seu copo.

– Agora, o quinto concorrente selecionado: Clemente Vinhas!

Isabel aplaudiu formalmente, ainda sem olhar o marido.

– Passou a dor de cabeça? – Álvaro perguntou-lhe ao ouvido.

– Melhorou um pouco.

Clemente entrou no palco; a acolhida do público foi menos entusiasmada. Realmente o partido dos vira-casacas crescia de momento a momento.

– Está com a blusa aberta – observou Álvaro.

– O quê?

– Deve ter perdido um daqueles botões de metal – disse. – Nota?

– Ah, sim...

Álvaro continuava olhando para ela e tragando lentamente o seu uísque: Isabel estranhava sua atitude, com a impressão de que o calor aumentava.

A segunda fase teve fim com o *Venha, mas venha com Kelene*, apenas aplaudido veementemente por Gianni, no camarote. Este batia palmas de pé e berrava:

– Você venceu, tetrarca! Você é marciano, você é atômico!

Max entrou no camarote:

– Como a coisa é vista daqui?

— Acho que Aristides ganha – opinou Rodney.
— O que o senhor entende disso?
— Então por que perguntou?
Max voltou-se para Álvaro:
— E o senhor, o que achou?
— Ele perdeu um botão.

Gianni ouviu pela primeira vez falar no botão, ele que fora o primeiro a notar. Com a pulga atrás da orelha, voltou para a coxia à procura desesperada de Clem. Foi encontrá-lo conversando com Glória Maria. Um dos *Demônios* lhe passava um cálice duma bebida.

— Tetrarca, venha cá.
— O que foi, assustadinho?
— Sabe onde perdeu o botão?
— Estive procurando ele aqui no palco. Não encontrei.
— Álvaro notou a falta lá de cima.
— Isto que é ter boa vista.
— Engano... Acho que o homem está com o botão no bolso.
— Imaginação sua.
— Conheço a cara dum homem quando é corneado. Eu já tive aquela cara muitas vezes.
— O que acha que devo fazer?
— Só quis prevenir... Mas não se preocupe. Cante pra valer.

Naquele mesmo momento, o apresentador anunciava a música classificada em quinto lugar, uma canção. Clem arrancou uma garrafa das mãos de um d'*Os Demônios* e foi com Gianni para uma área ao lado da coxia. Virou a garrafa na boca e tomou o maior gole de sua vida.

— Hoje ia bem até coca!
— Está preocupado, não?
— Acha que devo dar risada?
Gianni segurou-lhe o braço:
— Não beba mais esse troço, por Deus. O que é?
— Bíter, um fogaréu.
— Não pense na mulher, concentre-se na música. Entre para estraçalhar.
— Estão anunciando a quarta colocada.
— É do Prates.

Desobedecendo Gianni, Clem virou novamente a garrafa.
— Esses minutos são duros, cara. Não quer bíter?
— Já estou com o caco cheio de uísque.
— É melhor, assim bebo o resto.
Ficaram os dois em silêncio. Clem encostado na parede e assim ouviram o apresentador anunciar a terceira colocada, uma espécie de valsa, que, na opinião de Clem, nem deveria estar entre as cinco.
— É o momento — disse Vinhas. — Agora, ou eu ou ele.
— Aposto em você. A sua é melhor, tetrarca.
— Veja só este gole — disse Clem, virando a garrafa.
— Nossa Senhora!
Vinhas respirou, tonto, vendo tudo rodar.
— Acho mesmo que perdi o botão no quarto dela. Arranquei a blusa... Não conseguia desabotoar.
— Esqueça, tetrarca. O Luisão vai anunciar agora a música do Aristides. Depois a gente mete o pé na estrada e comemora a vitória em São Paulo. Não se preocupe com Isabel. Os ricos não se arrebentam como a gente.
— Veja o diabo do apresentador... Está fazendo sinal pra mim.
Realmente, o apresentador fazia sinal para Clemente e anunciava:
— Em segundo lugar, *Venha, mas venha com Kelene*, que será interpretada pelo próprio autor, Clemente Vinhas, acompanhado pelos *Demônios*.

Vinhas e Gianni entreolharam-se, pasmados. Foi preciso que um contra-regra levasse Clemente até a boca do palco. *Os Demônios*, mais conformados, começaram a tocar. Mas antes que o compositor-cantor começasse seu número, explodiram as vaias dos fãs de Aristides, que já recebia cumprimentos e abraços num canto da coxia. Clem queria cantar, porém não dava. O ruído era demais. Esperou alguns minutos e, como a vaia continuasse, afastou-se do palco.
— Quadrados! — bradou Gianni, que, num ímpeto, saltou para o palco, causando alvoroço no auditório. — Vocês caminham para trás! São uns bolhas! só daqui a cem anos... (recebeu um tomate na cabeça) só daqui a cem anos vocês terão o direito de *não* gostar de Clemente Vinhas. Vocês nasceram jacarés (recebeu um ovo em plena face direita). Rotarianos! (Uma chuva de coisas acertou todo

o corpo do romancista.) Vinhas vai ser a cartilha de amanhã! (Sua roupa, como o seu rosto, estava pintada de diversas cores.)

No camarote, Rodney sacudia a cabeça:

— Está embriagado, só um bêbado faz isso!

— Por que não o tiram do palco? – disse Isabel, espantada com tudo que acontecia.

— Ele merece ser ridicularizado! – sentenciou Álvaro.

Max entrava no palco para arrancar Gianni de lá. O apresentador e *Os Demônios* ajudavam-no, todos enfrentando grande resistência. Quando chegou à coxia, Raimundo viu Glória abraçada com Clemente e chorando.

— Vamos sair daqui – decidiu Clemente.

— E bem depressa – disse Glória.

— Rotarianos! – ainda bradava o escritor, melado de gemas de ovo.

Num minuto, os três seguiam Max pelo pátio do Oceano e subiam aos apartamentos para apanhar os seus pertences. Quando Clem e o empresário entraram na suíte o rapaz ponderou.

— Acho que não devo sair assim, sem me despedir de Isabel...

— Por quê?

— Tive um caso com ela no intervalo. Está me entendendo?

— E não basta? O que quer mais? Vamos embora!

Ao chegarem no térreo, Raimundo Gianni e Glória Maria já os esperavam.

— Devo me despedir de Isabel? – perguntou Clem ao escritor.

— Esqueceu do caso do botão?

— Gianni, por que você deu aquele vexame?

— Perdoe-me, tetrarca, mas não agüentei...

Correram para o Mustang, que Max fez questão de dirigir, sentindo o hálito forte do Clemente.

— Pode dirigir você, mas pise no pedal, Bisnaga.

A mais feliz era Glória Maria, que com aquele corre-corre recuperara Clem, pelo menos provisoriamente. Meia hora depois, já estavam na estrada, Gianni enxugando o rosto com o lenço e Clemente rindo baixinho.

— Qual é a graça, tetrarca?

— Acho que o Festival não poderia ser melhor do que foi.

– Apesar do meu vexame?
– Ora, você esteve ótimo, Rai.

Gianni acendeu um cigarro torto que lhe restava no maço.

– Entende por que o público se virou contra você? Foram os malditos que influenciaram o júri.

– Eu não entendo nada. Só não gostaria que acontecesse qualquer coisa pra Isabel.

– Nem pense nisso, tetrarca. Amanhã o marido exibirá seus cornos de ouro na piscina. Mas ele que se cuide com o Aristides.

Clem, num gesto natural, apanhou a guitarra e começou a cantar:

Venha,
venha com Helena,
venha com Marlene,
venha com Mustang,
venha de azul ou de vermelho,
mas venha com Kelene...

O vento frio da estrada fez bem a todos, inclusive a Max que balançava a cabeça, sorrindo, e todos então se puseram a cantar com ritmo e desinibição:

Venha, venha, venha...
venha nua e tatuada,
mas venha com Kelene...

Max tirou a bisnaga do bolso e passou-a para Clem.

O bolha

*Para
Deivi Rose Alves
e
Sebastião Campos*

I

*E*ntre os bolhas de minha passarela houve um que era mais bolha que todos, bolha com registro no DI, bolha por aclamação com uma maiúscula enorme, gótica, substantiva, bem exposta à gozação geral. E o triste, que apesar de balofo, grandalhão, sempre ostentando vistosas gravatas, e cheirando exageradamente a lavanda, o Bolha em questão precisava de um elevador dos menores para se fazer notar. Nos salões amplos, como certas boates, hall de hotéis, salas de espera de cinema, ele, o Bolha, encolhia o queixo a ponto de esbarrá-lo no chão. Vivia esmagado ou puxado pela atração das paredes, cantos e ângulos. Raramente erguia a cabeça, preferindo-a pensa sobre o pescoço, à procura de hipotéticos objetos perdidos.

– Eh, Euclides, vamos à casa das Castro. Vai haver uma baderna lá e a mais moça foi com sua cara.

Era mentirinha, evidentemente. O Bolha, embora não evitasse as reuniões que o grupo promovia, sabia que o elemento feminino não costumava focalizá-lo. Pior: chegava a ver na indiferença dela algo planejado, um acordo firmado secretamente para complexá-lo ainda mais. Os homens temiam alguma cumplicidade nisso? Euclides, de boa-fé, supunha que não, já que menos associativos e, digamos, subornáveis. Afinal, era sempre o Bolha o escalado para levar uísque.

– Hoje estou fora.

– Mas as irmãs estão acesas, bicho. Com só dois litros de veneno a gente faz a festa.

— *Sorry*, hoje não posso ir.

Era a primeira mancada de Euclides em toda sua história de fornecedor de bebidas.

— Corte essa! Não vá nos dizer que está numa jogada. Diga logo qual é a mumunha, gordo!

— Tenho um compromisso — justificou-se, formal.

O riso foi discreto, embora não se acreditava que o Bolha tivesse um compromisso noturno. Se não acompanhasse os rapazes, pagando o uísque com ingresso, sobraria feio pelas ruas, marombando pelas esquinas até que o desânimo o levasse a um cinema. De todos, francamente, era o que mais necessitava do grupo.

— Não invente histórias, gordo. Você não é de paquerar sozinho. Vamos farrear com as Castro. Não há melhor programa.

Euclides afastou-se, negando informações. Que falta de observação! Um simples amor aos detalhes revelaria que o gordo estava diferente aquela noite. Mais lavada, a gravata de cor mais agressiva, os sapatos mais lustrosos. Tudo nele recebera um polimento especial, um brilho sabatino de grande efeito no subúrbio. O grupo papeara furado, vendo, sem uísque, Euclides se dirigir a seu Citroen, envolto em mistério.

Mas expliquemos. Tudo aquilo, desde um prendedor novo de gravata, que não havia sido notado, tivera início recente, na sexta, quando Tula, uma oxigenada muito alta, portadora de óculos ornamentais, com falsas lentes violetas, abordou o Euclides, à porta do seu banco, chamando-o pelo nome.

— Pena que o banco já fechou; queria falar com o senhor. Vai para lá? Se for é meu caminho.

As duas lentes violetas voltaram-se para o bancário. Duas enormes rodas, grossas, exageradas, que ocultavam os olhos da dona, mas lhe davam estranha e firme personalidade. Certamente não era aquela a primeira moça que o Bolha vira usar um tal ornamento, em voga nos bairros elegantes, porém as outras apenas acompanhavam a moda, esnobavam, enquanto Tula parecia ter nascido com aqueles óculos.

— Como sabe meu nome?

— Estive no banco e me disseram que apenas o subgerente — o gerente está de férias, não? — poderia me dar informações que eu preciso. As duas atendentes não sabem nada. Acho que são novatas.

— Eu estava lá?

— Estava, mas tão ocupado que não me encorajei. A que horas posso voltar amanhã?

Euclides teve aí uma idéia rara num bolha. Estava aprendendo com o grupo.

— Onde a senhorita mora?

— Perto duma das Marginais.

— Tenho meu carro aí; se não se opõe posso levá-la para casa e conversaremos no caminho.

Euclides arranhou a marcha-ré para retirar o carro do estacionamento. A companhia da moça atrapalhava-o. Assim que ganhou rua, disse, como se pedisse desculpas, que aquele era um dos últimos Citroens que ainda circulavam na cidade. Podia comprar um Fusca, mas temia não se acostumar com outra marca.

— Mas ainda está bom, não é?

— Nas minhas mãos ele anda. Mas outra pessoa não seria capaz de colocá-lo em movimento. Já fiz a experiência.

A moça não se apressou em entrar no assunto, sorrindo. Era curiosa a impressão: os olhos imóveis na vitrina violeta e os lábios movendo-se sadiamente, independentes. No mesmo lance lateral, Euclides examinou-lhe os cabelos, bem postos, armados, fixos como os óculos, provavelmente uma peruca. Como ela seria sem os óculos e sem a peruca? Restaria algo daquele impacto?

— Me chamo Tula.

Pareceu a Euclides nome de romance antigo, de telenovela, sem nenhuma realidade.

— Tula... — repetiu ele, como se o apreciasse.

A moça moveu-se no banco e fixou suas lentes redondas no motorista como uma coruja estilizada. Aquele anúncio: "Quem deu pervitim para a coruja?" Depois prosseguiu, sem olhar para frente nem para o lado direito, com os braços cruzados ao peito, tendo escolhido definitivamente sua posição para o resto do trajeto. Coruja... A comparação lhe pareceu correta, caía-lhe, como se diz, como uma luva. Coruja... Não havia nada melhor.

— A senhora está interessada em quê? Vejamos se posso ser útil.

— Tenho algum dinheiro, economias de muitos anos e queria empregar. Não entendi nada. Falaram-me em prazo fixo. Isso rende bem? Acha que é negócio para quem não tem muito?

— Olhe, no seu caso, eu preferiria fundo de investimento. O juro é maior com correção monetária e tudo. Nosso banco faz também isso para seus clientes. Não tem conta, não? Mas é o de menos, já que conhece o subgerente.

— Por favor, me esclareça. Esse assunto pra mim é mistério.

— Vou orientá-la. É meu ofício. De dinheiro posso dizer que entendo, embora tenha bem pouco. Lido com dinheiro alheio. Meu mesmo só as migalhas de fim de mês.

A Coruja, ainda com os braços cruzados, encaixada no banco, como se tivesse um parafuso no traseiro, nem nas curvas mais fechadas perdia o equilíbrio. Talvez estivesse lançando ao Euclides um olhar piedoso.

— Acha que o dinheiro é tudo?

— Eu não acho, mas os outros sim. É o que valoriza as pessoas. Com dinheiro qualquer um é respeitado. Não importa a forma que foi obtido. Por ele que se luta, não é? Por ele que se mata, que fazem guerra.

— Vire à direita.

Durante o resto do trajeto, a Coruja apenas se limitou a dizer "vire à direita", "dobre à esquerda", "atravesse a ponte", "siga em frente", enquanto o Bolha, um tanto loquaz, falava de seu trabalho no banco, da família e de seu grupo. Para ele o tempo passou tão depressa que se surpreendeu ao ver-se num dos subúrbios distante. Parecia estar numa cidade do interior, embora muito movimentada.

— Bem, quanto vai depositar ou empregar? — perguntou Euclides.

— O que faz amanhã à noite?

— Eu?

— É. O que faz amanhã à noite?

A Coruja soltou-se um pouco do banco, embora ainda presa pelo parafuso, e voltou a sorrir. Os lábios se alongaram muito, mais delgados e maliciosos.

— Isso é muito bom! — exclamou Euclides. — Muito bom mesmo! — E riu, achando graça, e talvez para represar sua ação e palavras. Somente um bolha, ele reconhecia, demonstraria ante esse convite uma alegria tão infantil. — Onde posso encontrar você, Tula?

— Aqui mesmo, às dez — despediu-se a Coruja, beijando-lhe o rosto breve e levemente.

Euclides mais sentiu o contato frio dos óculos do que o beijo de matéria plástica. Imóvel por fora e borbulhante por dentro, viu a Coruja abrir a porta do carro e sair. Apenas ao manobrar o carro para voltar é que o perfume deixado por Tula lhe devolveu à realidade. Ávido de sensações nasais, o Bolha conseguiu sugar a moça, fazendo-a regressar via aérea ao Citroen para um exame mais frio e minucioso. Viajou com ele, de volta, mas exposta à sua observação. Numa curva mais fechada, enfim a Coruja deu o sumiço. Então acelerou o carro como se quisesse acelerar o tempo.

II

Quando, na noite depois, Euclides estacionou o Citroen na hora certa e no lugar certo, não viu a princípio a Tula do prazo fixo; imaginou-se já arquivando mais um bolo, uma derrota, na sua melancólica biografia sentimental.

— Procurando por mim?

A mesma Tula da véspera, ainda com cara de coruja estava lá.

— O meu carro está aí. Podemos ir indo?

A Coruja segurou-lhe o gordo braço, colocando-se todinha nele com a intenção de amolecê-lo.

— Olhe, minha gente quer conhecer você. Não vamos demorar.

Não foi uma consulta nem um convite, mas algo já decidido anteriormente. Fez meia-volta e, seguida pelo Bolha, Tula entrou no casarão onde devia morar e que tinha todo o aspecto duma cabeça-de-porco. Euclidão ouviu os degraus rangerem sob seu peso e sentiu o opressivo cheiro de comida de pobre que vinha dos cômodos. No corredor, estreito, iluminado por uma única lâmpada de luz amarela, uma criança seminua puxava por um barbante o que restava de um brinquedo. Um afeminado, de lábios pintados, duma porta aberta lançou ao estranho um olhar curioso. Alguém passou com um violão e um dos inquilinos, embriagado, tentava enfiar uma chave num fugidio buraco de fechadura. O Bolha fez-se uma pergunta: "como é que uma pessoa que mora aqui pode empregar dinheiro a prazo fixo?".

A Coruja bateu numa porta; duas batidas longas e uma curta, como um sinal convencionado.

– Seu nome é Euclides, não?

– Já esqueceu? – lamentou o subgerente, ajeitando o laço deselegante da gravata. – Mora com seus pais?

A moça não teve tempo de responder, a porta se abriu.

– Vão entrando – disse um nordestino de paletó xadrez a quem alguém encomendara um sorriso.

Tula empurrou, decidida, o Bolha para o interior do quarto. Constrangido, estendeu a mão para o moço de paletó xadrez, sempre sem saber como se portar nas ocasiões imprevistas. Havia, porém, outro homem ali, sentado a uma pequena mesa, com um livro na mão e fumando pretensiosamente um cachimbo. O odor do fumo era o único detalhe sofisticado naquele quarto onde se espremiam três camas de solteiro e um alto e largo guarda-roupa. O fumante examinou o recém-chegado com disfarçada curiosidade, levantando-se para recebê-lo. Era mais gordo e mais baixo que o primeiro, tinha a testa ampla e coriscada de veias de um intelectual, um olhar vivo e inquietante e o queixo duro, de alguém cheio de vontade e decisão. Fosse qual fosse o seu nome, Euclides deu-lhe mentalmente um apelido – o Intelectual –, como já apelidara Tula de Coruja. E ao outro, o mais jovem e retraído, que apelido daria?

– Ah, o senhor; o namorado de Tula! – exclamou, falsificando uma graciosa severidade. – Não pense que poderá se divertir com ela sem nossa aprovação.

O Bolha sentiu-se menos bolha ao verificar que mesmo por brincadeira podia despertar certo tipo de suspeita.

– Garanto que sou solteiro e tenho boas intenções.

O Intelectual apertou-lhe a mão.

– Tula é a nossa protegida. Seus pais estão no interior e nós temos que defendê-la dos lobos. Mas o senhor não me parece um deles.

A Coruja olhou para o outro personagem, como se o animando a participar da conversa. Deu resultado, pois o moço do paletó xadrez moveu-se um pouco, colocando-se dentro do ângulo de visão de Euclides.

– O senhor quer beber? – perguntou, ainda sob o comando de Tula.

– Raramente bebo – respondeu Euclides.

– Mas vai beber hoje – disse o Intelectual, abrindo as portas de vidro de um minúsculo armário. – Sempre tenho uma garrafa de vinho para ocasiões especiais. A marca não é das melhores, mas não fará mal. Gosta de vinho, Euclides?

O Bolha estranhou que o Intelectual tivesse memorizado seu nome, certamente dito por Tula antes de sua chegada, quando ela própria o esquecera. Mas, apreciando a recepção, pegou o copo de vinho, e depois de um brinde, virou-o na garganta.

– Estava com sede!

O rapaz do paletó xadrez, atendendo a um olhar-comando do Intelectual, apressou-se a encher novamente o copo de Euclides. Nesse justo instante o subgerente encontrou o rótulo que procurava para esse personagem: o Teleguiado. Não podia haver outro melhor, já que se mostrava ser uma pessoa sem iniciativas próprias, dependente da vontade ou experiência alheias.

– Assim acabo me embriagando – receou Euclides.

– Amanhã é domingo, não terá que lecionar.

O Bolha sorriu, corrigindo imediatamente:

– Não sou professor. Disse a ele que sou professor, Tula?

O Intelectual também riu:

– Acho que não disse. É que tem todo o jeito de professor.

Euclides explicou-se:

– Sou bancário.

– Não sabia! Meus pêsames! Não deve ganhar o suficiente para casar com nossa Tula. Pague o vinho e retire-se.

Euclides ignorava se o Intelectual estava constantemente gracejando ou se desejava forçar mesmo o namoro. A Coruja era evidentemente a mascote do grupo. Mas, olhando para as três camas, ocorreu-lhe se ela morava lá, com dois homens no mesmo quarto. Não lhe pareceu tão assexuada que pudesse privar assim intimamente com aqueles marmanjos.

– Seu Euclides já deve estar farto daqui – disse a Coruja, fitando-o através de seus pára-brisas violetas. – Está muito calor.

– Mas nem conversamos – protestou o Intelectual.

– Deixe para mais tarde, querido.

O Intelectual, que se sentara, levantou-se; o Euclides fez o mesmo, desejoso de estar a sós com a pequena, perder-se com ela na grande noite, beijá-la e dizer frases de amor. Viu pela janela aberta um pequeno trecho de céu e aquilo era um convite.

– Vão viajar? – perguntou o Bolha.

O Intelectual e o Teleguiado surpreenderam-se demais com a pergunta.

– Tula lhe disse?

– As malas – disse Euclides apontando para o chão duas enormes malas abertas.

– Ah, sim, concordou o líder do grupo. – Vamos fazer uma pequena viagem. Mas Veva, isto é, Tula, ficará.

O Bolha estendeu a mão para o Intelectual.

– Tive imenso prazer em conhecê-lo.

– Você é um camaradão, professor. Onde é que vão namorar? Podemos nos encontrar mais tarde.

– Onde não sei – respondeu Euclides.

– Vamos à cantina – decidiu Tula. – A mesma de ontem. – E acrescentou: – Não se demorem, por favor.

Euclides não gostou nada da intervenção de Tula. Preferia não encontrar mais seus amigos naquela noite. E, depois, por que o pedido "não se demorem, por favor"? Será que não sabia viver sem eles, mesmo tendo um namorado? Ao chegarem à rua, tentou atrapalhar os planos do grupo.

– Vamos antes dar um belo passeio?

– Quero ir diretamente à cantina.

– Está com tanta fome assim?

No carro, a Coruja aparafusou-se novamente no banco, ajeitou os óculos e foi indicando o caminho para o motorista sem nenhuma palavra ou gesto de afeto.

– Gostei dos caras – disse Euclides. – Principalmente do mais velho. Parece que o conheço.

Tula assustou-se:

– Conhece? De onde?

– Disse que parece... Não lembro de onde.

– Há muitas pessoas com a cara dele. Vire à esquerda.

O Bolha, na primeira reta, fez a pergunta que o torturava:

– Mora com eles?

— Como assim? Pergunta se moro no mesmo quarto?
— Podia ser uma emergência. Vi três camas.
A Coruja desaparafusou-se um pouco e olhou para ele.
— Moro noutro quarto, no fundo do corredor.
Bem, isso tornava a coisa menos esquisita. Mas então estava faltando um no grupo, pois as três camas estavam parcialmente desfeitas. Três homens e uma mulher e nenhum se apaixonava por ela?
— Por que não mora num lugar melhor?
— Quero economizar.
— Ah, sim.
— Agora vire à direita e cuidado com os buracos. Outro dia o carro de Gerson atolou num deles. Foi uma luta para tirá-lo de lá.
— Gerson? É o mais velho?
— Sim, é o mais velho. Agora vá encostando. Aquela é a cantina.
Euclides obedeceu, mas ao brecar o Citroen fez menção de segurar a mão de Tula para dar início real ao namoro. A Coruja recuou a mão e precipitou-se em sair do carro, deixando uma onda de perfume em seu lugar.

III

A cantina estava repleta de seus freqüentadores sabatinos, famílias inteiras, com suas crianças ruidosas, à procura aflita de lugares. Euclides imaginou logo que teriam de esperar que uma mesa vagasse, mas a Coruja, revelando conhecer bem o estabelecimento, foi ziguezagueando entre fregueses e cadeiras até conduzi-lo a uma pequena sala dos fundos, distante da confusão e do barulho. Devia ser o cantinho predileto de seu grupo, onde se podia conversar quase tranqüilamente. Instalaram-se numa mesa para quatro lugares junto a uma janela. O Bolha, feliz por existir aquele refúgio, em meio ao alarido, fez nova e tímida tentativa para segurar a mão de Tula.
— Chame o garçom — ela pediu meio aflita. Quero beber.
— Ia bem um refresco. Está muito quente.
Não era o que Tula queria ou precisava.
— Conhaque, por favor. Dose dupla.
— Gosta tanto assim de conhaque?

Euclides chamou o garçom e fez o pedido, mas até que o conhaque não fosse servido, nenhuma palavra conseguiu arrancar de Tula. Mostrava-se uma coruja neurótica, pouco sociável, espantada com a luz fosforescente da cantina. Preferia olhar pela janela, enquanto fumava e bebia em goles regulares.

Na terceira tentativa, Tula permitiu que o subgerente lhe segurasse a mão, que estava gelada e insensível. Continuava fria, distante, e o que era pior para a ocasião, angustiada como se cumprisse uma tarefa desagradável.

Ao renovar a dose, a corujenta criatura por fim falou, mas restringiu-se a assuntos estritamente profissionais. Quis saber se Euclides gostava do seu trabalho, se a agência bancária era antiga, quantos funcionários possuía, quais eram os dias de maior movimento e outras coisas assim, que só exigiam respostas monossilábicas. O gorducho não desligara as irmãs Castro para ficar nesse chove-não-molha.

— O que é isso no dedo, Tula?

A Coruja assustava-se por qualquer coisa.

— Isso o quê?

— Você usava um anel? — perguntou Euclides segurando-lhe a mão esquerda. — O dedinho está arranhado.

Tula retirou a mão como se quisesse escondê-la. Desconversou, gaguejou, empalideceu.

— Gostou mesmo do Gerson, o mais baixo?

— Parece ser um moço educado.

— Ele esteve em muitas escolas...

Embora se impressionasse mal com mulheres que bebem muito, o Bolha pediu o terceiro conhaque duplo para a companheira. Precisava esquentá-la, penetrar em suas defesas. O que teria a contar aos amigos do grupo se nada acontecesse entre os dois? Levantou-se, decidido, e sentou-se ao lado dela, querendo ficar bem juntinho como namorado.

— Tire os óculos por um momento.

— Isso não.

— Mas ainda não vi seus olhos! Nem sei de que cor eles são.

— Não faz diferença.

— Para mim faz muita.

Tula sacudiu a cabeça e respondeu que tiraria os óculos mais tarde. Agora queria comer, a bebida lhe dera fome. Ele teve que adiar o ataque, chamando uma pizza. Mesmo sem muito apetite, o gordo atirou-se à pizza vendo nela mais uma etapa a vencer, talvez a última. A Coruja, ao contrário, parecia querer ganhar tempo, sem nenhuma pressa, embora ainda inquieta e evitando o olhar sequioso do subgerente.

Quando nada mais restava da pizza, Euclides afastou os pratos e contornou os ombros da Coruja com seu braço espesso. Aquela teria que ser uma noite marcante, com lances que o grupo ouviria empolgado. Chegou a boca ao ouvido de Tula e lhe disse qualquer coisa sobre sua beleza, vencendo à força a velha inibição. A moça não deu sinal de vida, imóvel como se fosse um cartaz, um *outdoor* de qualquer produto, que ele roubara dum terreno baldio. Tentou acariciá-la mais profundamente, esbarrando-lhe os dedos nos braços à procura de um elo sexual que a subjugasse.

Tula finalmente abriu a boca:

– Como vocês demoraram!

O Bolha olhou para a porta e viu o Intelectual, o Teleguiado e outro personagem, um tipo pernudo, mais alto que baixo, descontraído, que saltou à frente dos outros e beijou logo, numa mesura engraçada, a mão da Coruja. A moça sorriu ao vê-los, aliviada, novamente entre amigos, divertindo-se com um discurso que esse cara começou a improvisar.

– Aqui estão seus amigos, ó desprotegida criatura! Estava pensando que íamos abandoná-la nos pantanais da selva paulistana? Sabemos que há uma alcatéia inteira à caça de nossa Branca de Neve. Mas os seus anãozinhos já chegaram com suas espadas de chocolate! Não permitiremos que esse gorducho a devore com aliche e *mozzarella*!

A Coruja riu, reanimada.

– Ele é o *show*, não acha?

Como um ator (justamente nesse instante Euclides apelidou-o assim: o Ator) o pernudo (que devia ocupar a terceira cama do quarto) curvou-se ante Euclides e apresentou-se:

– Não me leve a mal, proeminente criatura. Sou biologicamente um tio – um tio de todas as moças que carecem de proteção e conselho. O senhor já ensinou à minha sobrinha a melhor forma de empregar o pouco dinheiro que ganhou na esportiva? Se não fez, faça depressa porque não é nada seguro andar com milhõezinhos na bolsa numa cidade como esta.

Euclides ainda estava surpreso com a invasão.

— Ainda não falamos nisso.

— Mas falem então. A moça de óculos precisa ter seu futuro garantido.

— Ora, tio, ele quer se distrair — disse Tula.

— De fato, estávamos de saída — acrescentou Euclides.

— Mas não estão mais. Nós três vamos jantar e esperamos que o casal de pombinhos nos faça companhia.

IV

O Ator foi quem mais falou durante o jantar, gesticulando a cada palavra e preocupado em divertir a todos. Tula, principalmente, ria de tudo que ele dizia, como se o homem fosse um bálsamo para ela, a mais sadia diversão.

— Pense bem em nossa responsabilidade... — dizia o Ator. — A jovenzinha leva a sua bolada até ao banheiro. Inclusive já sofreu tentativas de assalto e mil pedidos de casamento. O senhor, que manja dessas coisas, livre-nos desse peso.

— O melhor seria empregar em fundo de investimento.

— O senhor está falando com gente que nada entende disso. Fundo de investimento... Está falando em ações? Isso dá uma renda mensal?

— Seguramente... Mas não lembro de quanto por cento. Mas não é problema. O meu banco pode encarregar-se disso.

— Que tal é o seu banco, amigo?

— É muito forte.

— Mas não está entre os maiores, não é assim? Tula me mostrou sua agência. Como ela se agüenta com tão pouca clientela?

Euclides, que se orgulhava de ter em poucos anos multiplicado o número de correntistas, esclareceu:

— O senhor está enganado... Nosso movimento é quase igual ao da matriz. Temos quarenta e cinco mil, o que é um número mais que razoável para um bairro. A média dos depósitos diários é de cento e cinqüenta mil. Gente simples, que mais deposita que retira.

Apenas o Ator parecia interessado na prosa do Bolha, enquanto os outros demonstravam não prestar a menor atenção. Tula levantou-se e foi ao toalete, perdendo a oportunidade de ver o Euclides conversar sobre o único assunto que dominava.

– Não é perigoso trabalhar em banco hoje em dia? – perguntou casualmente o Intelectual.

– Por quê?

– Ele se refere aos assaltos – disse o Ator. – Mas certamente você tem lá um bom sistema de alarme. Basta surgir um cara suspeito e alguém pisa num botão, não é assim?

O Bolha, ainda dentro de seu assunto, sorriu:

– Tínhamos um sistema muito bom há alguns anos, mas ele já não funciona mais, nem é necessário.

– Não é mais necessário? – estranhou o Intelectual.

– Eu explico – disse o Bolha. – É que há alguns anos aquela era uma rua tranqüila, residencial. Seria fácil a uma quadrilha encostar um carro na porta da agência e assaltar. Mas, agora, me digam, como seria possível a qualquer veículo fugir naquele trânsito infernal? Os automóveis não desenvolvem mais que dez quilômetros por hora!

– Ótimo! – exclamou o Ator. – O Departamento de Trânsito vai proteger o dinheirinho de nossa Tula.

A moça vinha voltando do toalete.

– Vamos jogar baralho lá em casa – sugeriu o Intelectual.

Euclides lançou-lhe um olhar malicioso.

– Não saí de casa num sábado destes para jogar baralho.

O Ator entendeu as intenções do subgerente.

– Ele e Tula querem dar um passeio, naturalmente.

O Intelectual consultou o relógio de pulso.

– Mas já é tarde!

O Ator levantou-se:

– Vamos liberar os dois. Nosso amigo não vai raptá-la, vê-se que é pessoa de bem. Espero encontrá-lo outro dia, seu Euclides.

Euclides olhou o Ator com simpatia, e segurando o braço de Tula com a esquerda, foi apertando a mão dos três. Graças a Deus ia estar a sós com ela e ter enfim a sua noite. Tula estava um tanto constrangida, mas o Ator foi empurrando a ambos suavemente até a porta.

— Divirtam-se! A noite ainda é uma criança.

V

Euclides pôs o Citroen em movimento já mais decidido, já menos bolha. A moça parecia notar a súbita transformação e estava receosa. Pouco à vontade, fixava no companheiro seus óculos escuros.

— Aonde vai me levar?

— Eu digo se me disser o que há entre você e o tal Gerson. Ele tentou atrapalhar nosso passeio e ficou com cara-de-pau agora que saímos.

— Você notou isso?

— A gente sempre sabe quando um cara está com ciúme. É o tipo da coisa que ninguém sabe disfarçar. Já senti ciúme muitas vezes e todos notaram.

Tula olhou para frente, insegura, mas querendo contemporizar.

— Eles se preocupam muito comigo.

— Os outros, sim, mas o Gerson está gamado por você. Ele já confessou isso?

— A mim, nunca!

Euclides riu, gozando:

— Então é um bolha, um pobre bolha!

Tula protestou, como se quisesse iniciar uma briga. A voz, que era grossa e firme, desafinou:

— Não fale assim... Gerson é muito inteligente. Não sei o que seria dos outros sem ele.

Enclides, lembrando seu emprego firme, o sobradinho onde morava com a mãe e uma irmã viúva, o dinheirinho que sempre tinha para os sábados, rebateu:

— Ora, nenhum cara muito vivo moraria naquele cortiço. Desculpe-me, Tula, mas é assim que penso.

A moça baixou a cabeça.

— Na vida da gente acontecem coisas... Uma vez se está no alto, outras vezes lá embaixo. Ninguém sabe o dia de amanhã. Mas para onde está indo?

– Quer fazer o favor de não se apavorar? Não sou nenhum bicho e nada pior que os seus amigos.

– Eu só queria saber.

– Vamos para um *drive-in*.

Era um *drive-in* em Santo Amaro, onde o grupo de Euclides costumava ir com as pequenas. Como sempre sobrava, tinha que lhes emprestar o carro. Depois, obrigavam-no a ouvir a história de suas farras. Não entendia como podiam chegar a tantos excessos sexuais no interior de um pequeno automóvel. Ao entrar no *drive-in*, seu coração disparou, um coração enorme, pressionado por muitos quilos de banha.

Uma garçonete se aproximou.

– Um maracujá para mim – pediu Euclides.

– Conhaque duplo – quis a Coruja.

– Isso não lhe faz mal?

– Me deixe beber.

Houve muitos instantes de silêncio até que as bebidas chegassem. Tula ligou o rádio por ligar, mas Euclides procurou no dial e logo encontrou uma musiquinha romântica. Só faltava quebrar o gelo da companheira e tudo estaria azul.

– Parece que se ofendeu com o que disse do Gerson. Peço desculpas. Se ele a ama, ninguém tem nada com isso. O importante é que está comigo e não com ele.

A Coruja entre um gole e outro disse vagamente:

– Gosto dos meus amigos.

– Achei mais legal aquele que chegou por último, o que você chama de tio.

– Ele é muito bom e sabe o que quer.

– Lembrou-me um ator que vi na televisão.

– Você quase acertou. Ele já trabalhou no teatro quando mocinho.

– E agora, o que ele faz?

– Ah, eu não sei...

Novamente a Coruja pareceu a Euclides um tanto matusquela. Como ignorava a profissão de um amigo íntimo? Seria tão desligada assim ou totalmente lelé? Mas a noite estrelada diante do pára-brisa, a música do rádio e o clima sensual do *drive-in* acabaram por excitá-lo. Tinha que aproveitar a ocasião. Passou o braço ao redor dela.

— Por favor, não comece com jogo bruto.

Sem dizer nada, Euclidão avançou seu rosto sobre o dela, com certa violência, querendo beijá-la. Tula, espremida por aquele corpo enorme, só pôde virar o rosto numa tentativa quase desesperada de evitar o beijo. Travou-se uma pequena luta dentro do carro, que só teve fim quando a moça permitiu que seus lábios se tocassem por um instante.

— Por que faz tanta questão de me beijar?
— Ora, todo mundo faz isso!
— Vamos nos encontrar outras vezes, juro.
— Por que não hoje?
— Peça mais uma dose pra mim.

Euclides fechou a cara, muito irritado. Chamou a garçonete que circulava por lá e pediu a conta.

— Eu bebia mais um... — disse Tula.
— Acho que já bebeu demais. Você é viciada ou o quê? Vamos embora.

Pisando firme no acelerador, Euclides fez o carro afastar-se depressa do *drive-in*. Já dera a noite como perdida. Afinal, por que ela resistia assim, como se ele fosse um depravado sexual? Seria ela uma Filha-de-Maria ou uma lésbica? Foi dirigindo sem dizer nem ouvir uma palavra. Se corresse bastante, ainda alcançaria o grupo se divertindo no apartamento das Castro. Entraria mais uma vez com o uísque. Que mal faria? Tudo sempre lhe custava caro.

— É aqui onde você mora, não?

Euclides brecou o carro diante do casarão, já sem mais nada pretender com a Coruja.

— Magoado comigo?
— Quer saber? Pois estou. Com você e com seus estranhos amigos. Com perdão da palavra, estou com o saco cheio de todos vocês.
— O que eles têm de estranhos?
— São tiranos com você, te dominam! Parece um boneco nas mãos deles. Você nem parece uma mulher. Só fica parada, bebendo como uma doida. Afinal, por que quis sair comigo? Para provar

ao seu grupo que pode arranjar um namorado? Só por isso me obrigou a vir de tão longe? Bem, agora já provou e me deixe cair fora para aproveitar o que resta da noite.

Tula não se moveu, olhando para ele com aqueles óculos que pareciam ainda maiores. Mas não estava tão impassível, respirando com alguma ofegância, entreabrindo os lábios, surpresa e mesmo intimidada com a reação do subgerente. Num relance, olhou para a porta, como se fosse sair, mas permaneceu ali, parafusada no seu banco.

– Acho que lhe disse tudo que tinha a dizer – disse Euclides. – Não quero prendê-la mais, pode ir, vá com seus amigos, enterre-se nesse casarão infecto!

O Bolha talvez continuasse, mas não pôde porque a Coruja, num gesto súbito, todo instintivo e com muita decisão, agarrou-lhe o gordo pescoço e pregou seus lábios nos lábios dele, pondo-se a sugar a sua boca com uma ânsia angustiante. Desaparafusada do banco, liberta, ela chegou a encostar a cabeça na capota do carro, todinha sobre sua vítima com uma fúria sempre renovada. Euclides com dificuldade conseguiu envolvê-la, apoiando-se para retribuir os beijos, não crendo no que acontecia, depois de já ter perdido as esperanças. Seu esforço, porém, era mais para conter a Coruja, aplacá-la, que para aproveitar a situação. Outra vez ele procedia como doido, uma amante que beija o amado na hora da morte, com uma dramaticidade e violência que não podia entender.

Aquilo parecia não ter mais fim, mas teve e instantâneo, quando alguém bateu com o nó dos dedos no vidro do Citroen. Com um "oh..." Tula desprendeu-se de Euclides e voltou-se para a porta, alvoroçada. Lá, curvado, bem visível, apesar da escuridão, estava o Intelectual.

– Eu preciso ir – disse ela, precipitando-se para fora do carro e batendo a porta.

Euclides viu a moça afastar-se com o Intelectual e juntar-se aos outros dois, que também estavam lá. Tula fazia mil gestos e apontava para o Citroen, enquanto o Ator tentava apaziguar qualquer coisa e acalmar os ânimos. Lentamente, o grupo se dirigia ao casarão, mas o Bolha, girando a chave do carro, podia ver que a paz ainda não voltara entre eles, e que continuavam discutindo. Ouvia a voz de Tula e do Ator, mas por mais que apurasse os ouvidos, não captava o que diziam.

Euclides movimentou o carro e estacionou em fila dupla quase diante da porta do casarão, fazendo grande esforço para ver Tula e seus amigos. Viu o Ator segurando o Intelectual, auxiliado pelo Teleguiado. A Coruja subiu alguns degraus às pressas, mas foi alcançada pelo Intelectual. Falavam tão alto, agora, que Euclides do seu carro pôde ouvir algumas palavras. Em seguida, ele a esbofeteou e empurrou-a pelo corredor, tarde demais para os outros dois o impedirem.

Atônito com o que viu, Euclides partiu para seu bairro, sentindo-se culpado. Se não tivesse insistido, provocado tanto, Tula não teria levado aqueles bofetões. Acertara ao desconfiar do ciúme do tal Gerson. Ele devia estar de gama preta, todo vidrado. Ela, porém, só o queria como amigo, nada mais que isso. "Acho que ela me ama", pensou. "Nenhuma mulher beija assim sem estar apaixonada." Agora queria vê-la outra vez, quase com a certeza de que ela apareceria no banco na segunda.

Euclides estava tão excitado que não pôde ir direto para casa. Parou num boteco da Vila Buarque e pediu um uísque. Precisava de álcool, embora não costumasse beber. Aquela noite fora muito original, não poderia levar suas emoções para a cama. Tula, para ele, ainda estava ali, talvez pedindo socorro, querendo fugir ou casar. Viu também seus companheiros, o Ator, desejoso de atrair atenções e polarizar, o Teleguiado, obedecendo a olhares-comando, e o Intelectual, enciumado e morrendo por Tula.

Às quatro da madrugada, o Bolha saiu do boteco e foi para casa, mas ainda com os olhos bem abertos. Não dormiu, não dava. No domingo levantou-se cedo e levou a mãe e a irmã à missa. À volta da igreja, despediu-se das duas, na esquina, e foi à procura dos amigos, que deviam estar no Bar e Bilhares Jordão.

Teve sorte, lá realmente estavam alguns deles. Todos notaram que havia no gordo, aquela manhã, algo diferente. Aproximaram-se, curiosos.

— Vamos lá pra esquina, pessoal. Quero contar o que me aconteceu ontem.

O grupo olhou para o Euclides, acreditou e o seguiu.

VI

Na segunda-feira Euclides trabalhou apático o tempo todo. A manhã arrastou-se, monótona. Se Tula aparecesse, certamente seria à tarde. Em todo caso, logo cedo avisou os atendentes que ele esperava uma cliente que faria um bom depósito. Ao meio-dia almoçou por lá mesmo, com receio de que o apaixonado impedisse a visita da moça. Se ela não viesse, deveria procurá-la no casarão? Como o Intelectual, o Gerson, iria tratá-lo?

Almoçou com um colega do banco, pai de cinco filhos. A certa altura, em que se falava em casamento, o bolha solteirão disse em tom de confissão:

— Sabe, talvez me case.

— Bom isso – disse o colega. — Faremos uma lista para ajudar a lua-de-mel. Deixe por minha conta.

A tarde prosseguiu na mesma lassidão, entre a espera e o desânimo. Euclides tomou muitos cafés e aceitou dois cigarros, ele que não fumava. A todo momento ia ao banheiro para que o tempo passasse. Olhava o grande relógio da agência e fingia interessar-se pelo trabalho. Às três e meia o gerente saiu e ele assumiu o comando. Às quatro, quando atendia ao telefone, ouviu uma das funcionárias dizer:

— Acho que houve algum desastre. Não está passando nenhum carro.

Exatamente nesse momento um DKW parou diante do banco. Tula entrou com uma pasta.

O subgerente dobrou-se no balcão para atendê-la.

— Veio depositar...?

A mão de Tula puxando o zíper da pasta. A primeira estranheza, no dedo ontem arranhado, havia um anel, precisamente uma aliança, grossa, de ouro barato, de casamento sacrificado de pobre, com muito amor e solidez.

— Vim.

"Eu te amo", pensou dizer o Bolha, quando o zíper correu, mas estava confuso e ficou ainda mais, com uma cara aparvalhada e branca, ao ver a pasta vazia e o revólver na mão da Coruja. Parece que ela disse "fique quieto" ou "não se mexa", e ele de fato ficou porque a mão de Tula estava muito firme.

No mesmo instante, Euclides ouvia atrás de si alguém dizer: "Não me matem, por favor". Somente aí, como declararia mais tarde, desviou o olhar de Tula e viu o Intelectual, de revólver em punho, comandando o Teleguiado, que, usando luvas de couro preto, se dirigia ao caixa, com uma sacola.

– O que é isso? – perguntou Euclides a Tula. – O que estão fazendo?

Os poucos clientes que se achavam no banco ficaram em seus lugares e ainda se ouvia a máquina de escrever de um dos datilógrafos que nem percebera o que acontecia. O caixa chegou a balbuciar alguma coisa, mas logo preferiu acompanhar o Teleguiado para abrir o cofre.

Euclides quase não via nada, apenas o revólver de Tula e seus óculos violeta. Um telefone tocava, mas ninguém atendia. A máquina de escrever finalmente parou de bater. Ouvia a voz de Gerson, que dizia: "Vamos depressa, bem depressa". Mas nem seria preciso tanta pressa com um assalto tão planejado. Lembrou-se que faltava um deles. Onde estaria o Ator? Logo obteve a resposta, ao olhar pela vidraça do banco: vestido de guarda-civil e agitando um bastão, o Ator, representando, desviava o trânsito. Tudo perfeito.

Tula afastou-se um pouco e com o Intelectual deram cobertura para o Teleguiado deixar o banco com a sacola. Euclides pôde vê-lo entrar no DKW, logo seguido pela Coruja. O Ator foi o terceiro a entrar no carro, aproveitando o sinal vermelho do semáforo. No interior do banco, segurando o revólver, apenas Gerson continuava.

Ouviu-se o motor de arranque do DKW.

O Intelectual deu alguns passos na direção de Euclides. Os dois se olharam e por um instante ele teve a impressão de que o assaltante ia atirar. Chegou a contrair o abdome, mas o outro virou a arma na mão e ergueu a coronha no ar.

O subgerente ouviu os gritos de seus companheiros e depois sentiu o impacto na cabeça; o sangue escorreu rápido pelo crânio e pelo rosto e ele não viu mais nada. Por um momento perdeu os sentidos e caiu, mas logo o levantaram e o colocaram num banco. Seu terno, de cor clara, ficou encharcado de sangue. Ouvia dizer:

– Mas por que ele fez isso, seu Euclides não reagiu?
– Oh, ele está coberto de sangue...

– Chamem o Pronto-Socorro!

O golpe apenas atordoara o Bolha, que não tomara consciência da agressão. O presente para ele era o dedo de Tula, com a aliança, o revólver que ela lhe apontara, o Teleguiado ameaçando o caixa, o Ator, desviando o trânsito e o Intelectual a olhá-lo, corroído pelo ciúme, não como quem rouba, mas como quem fora roubado. O olhar que, pelo vidro do carro, vira-o com Tula, sua mulher. Por isso, quando um chumaço de algodão começou a sugar-lhe como um mata-borrão o sangue do rosto, ninguém pôde decifrar o enigma do sorriso que aos poucos ia surgindo.

O cão da meia-noite

*Para
Virgínia Ebony Spots,
um ser humano da família dos dálmatas*

1

*E*stou andando rente à parede e é meia-noite. Não é para resguardar-me da garoa nem por receio da polícia. Persigo um cão molambento que vi passar quando tomava conhaque num boteco da Boca. Já resolvido, tirei dinheiro do bolso, joguei-o no balcão e saí às pressas. Não me perguntei por que, nem havia tempo. Talvez um estranho caso de simpatia espontânea. Lembrei-me daquele camelô corcunda de quem eu comprava jogos de papel para divertir os amigos. Nada mais inútil para mim. O mesmo ou muito mais me despertou aquele cão preto e branco de andar rasteiro e orelhas mansas que num instante cruzou a porta iluminada do bar.

Onde iria aquele cão, nos seus passos tranqüilos, na primeira hora da madrugada? Seria interessante investigar. Fui atrás dele com medo de assustá-lo. Piso a calçada de leve e quase roço o ombro na parede. Certamente logo me ocorreu que não tinha residência, portanto não estava a passeio. Raro é o dono que permite ao seu cão sair de casa àquela hora da noite sozinho. Eu jamais consentiria. Na esquina, o animal atravessou a rua. Embora temendo revelar-lhe minha intenção, fiz o mesmo. Tive a impressão de que voltava para casa, e lamentei isso. Apressei o passo, caminhando ao seu lado, como um transeunte qualquer. Possuo certa habilidade para não fazer-me notar. E realmente ele não deu por mim, prosseguindo em seu andar miúdo e descuidado, muito à vontade. Mais próximo, pude examiná-lo melhor. Tinha a pinta lamentável de cachorro velho, o pêlo sujo e enfermiço, o rabo apático, sem vitalidade, e um olhar impreciso de filósofo desacreditado. Seu aspecto geral era ainda pior que seus traços particulares, um animal maltratado, sem afeto e não muito distante da morte.

Passamos os dois diante de um cinema; vi-o à luz do neon justamente no momento em que a iluminação se apagava. O cão entrou numa ruazinha que levava à Avenida São João. Irritei-me, pois numa via tão movimentada, mesmo depois da meia-noite, seria mais difícil travarmos contato. Na avenida, o molambo parou no meio-fio olhando os carros passarem. Tive a certeza absoluta de que pretendia suicidar-se. Vocês concordariam se visse seus olhos nublados e introspectivos, o seu corpo magro e indefeso.

Coloquei-me bem a seu lado para impedir qualquer loucura. Meu pensamento era trágico demais. O cão simplesmente aguardava, paciente, uma oportunidade para atravessar a avenida e o fez. Evidente que o imitei, já nem sei mais se por curiosidade. Mas o que desejava ele do outro lado da avenida? Que diferença faz a um cão ficar de um lado ou de outro de uma via pública? Talvez tivesse mesmo residência fixa e ia regressando ao lar. Como propriedade era desprezível. Um cachorro assim só poderia pertencer a um cáften ou a um maloqueiro qualquer. Faltava-lhe *pedigree* e o menor traço de beleza.

Interessante, ao cruzar a grande artéria, o cão deixou de andar com a decisão anterior. Observei que assumia ares de vagabundo, passo mais lento, marombando aqui e ali, sem pressa para nada e curioso em relação aos transeuntes. Parou, enfim, diante de um restaurante mixuruca freqüentado por notívagos, prostitutas e homossexuais. Estava na cara: era uma boca-de-espera, agora olhando vivamente para o interior do estabelecimento. Já fui também boca-de-espera antes de ingressar no jornalismo, e tive um pouco de pena porque sei que a fome é dos males o mais concreto para um ser vivo.

Continuei a observar o cão, crente de que era conhecido ou amigo de um dos garçons. À luz do estabelecimento, eliminei qualquer dúvida. Embora descendesse dos *foxes*, o que provava seu focinho alongado, não passava de um vira-lata sem eira nem beira, um pulguento, um trapo. Nem sei por que continuei ali ou por que continuo aqui. Faço alguma confusão no tempo quando me refiro a este caso, que me parece estar sempre acontecendo do princípio.

O cão deu uns passos para o interior do restaurante, mas recuou em seguida, não sei se expulso por alguém. O momento do contato. Não podia perdê-lo.

– O que está fazendo por aí, Augusto? – perguntei como se o conhecesse.

Não gosto de chamar os cães por nomes de cães. Por outro lado, reprovo os que batizam com nomes de gente apenas para provocar riso: Carlos Alberto, Jacinto de Thormes, Francisco Amaral e outros que ridicularizam os animais.

O cão olhou-me sem curiosidade e aí, paradoxalmente, tive a plena e magoada certeza de que me notara desde o primeiro momento. Sorri para ele, mas confesso que Augusto nem ao menos balançou o rabo, seu maldito rabo paralítico.

– Está com fome? Tenho dinheiro.

Para mostrar-lhe que não sou nenhum joão-ninguém, entrei no restaurante. Fui no balcão, pedi um bife qualquer, embrulhei-o em alguns guardanapos de papel, paguei e corri para a rua, afobado. Olhei ao redor. Onde estava Augusto? Tinha desaparecido. Ou era o fantasma de um cachorro? Fiquei com o bife na mão, lambuzando os dedos e sem saber o que fazer com ele. Augusto não acreditara que eu pudesse pagar-lhe um miserável bife. Lembrei de uma prostituta que me abandonara num bar, também supondo que minha carteira estivesse vazia. Devo ter uma aparência deplorável, mas não é necessário ser nenhum grã-fino para pagar uma prostituta ou dar um bife a um cão faminto.

Andei de um lado e de outro, ainda à procura. Uma súbita inspiração me fez atravessar a rua. Foi Deus. Augusto farejava uma lata de lixo e continuou depois de ver-me.

– Por que não me esperou? Tome o bife.

Augusto, bamboleando, chegou sem pressa e veio cheirar a carne em minha mão. Apenas cheirar.

– Contrafilé. Fazendo luxo por quê?

O cão virou-me as costas e tomou o caminho da avenida. Aquela prostituta fizera o mesmo, com igual displicência. Segui atrás, com o bife nas mãos, cheirando a cebola, e suplicando-lhe em voz baixa:

– Aceite, Augusto. Não está ruim. Como um pedaço para lhe provar.

O cão, o miserável cão, nem olhou para trás. Atravessou novamente a avenida. Acreditei, aí, que de fato tivesse dono e que fora ensinado a nada aceitar de estranhos. Acompanhei-o, ainda, ridículo com o bife na mão, com o papel todo ensopado de molho. Augusto, ligeiro, retomou a rua pela qual viera. Alcancei-o, sentindo um profundo mal-estar. Como o trecho estivesse deserto, pude falar-lhe:

– Você é um enjoado. Quem pensa que é? Aposto que nem tem onde morar. É um vagabundo como tantos por aí. Ou por acaso nutre alguma vaidade do seu focinho *terrier*?

Passei diante dele e virei a esquina para comprovar sua total e maldosa indiferença. Dei uns passos e parei. Augusto permaneceu na esquina a olhar-me. Chamei-o, fiz sinais, miei o mais alto que pude, sem resultado. Voltei, então, à esquina, onde ele me esperava com os olhos acesos.

– Afinal, Augusto, quer ou não o bife? Estava até pensando em convidá-lo para morar em meu apartamento, mas já que é tão independente, coma o seu bife e não se toca mais no assunto.

Augusto veio cheirar meus sapatos, as meias curtas e a canela.

– Puxa, que focinho gelado! Esse clima de São Paulo ainda lhe acaba com a vida. Coma o bife. Já está frio e o papel se desfez. Se não quer, jogo-o fora.

O cão parou de cheirar-me. Sentado sobre suas patas traseiras, ouvia-me tranqüilo. Irritou-me um pouco aquela serenidade de filósofo. Não gosto de pessoas e de bichos sem inquietação. Comecei a pensar que Augusto era um bola murcha, um sonado. Joguei o bife a boa distância. Ele bamboleou sobre as patas sujas, passou a língua no bife e depois o abocanhou de uma só vez.

– Afinal! – exclamei. – Que bruta alegria você me dá. Tirou-me um peso da cabeça. Não podia deixá-lo faminto nesta cidade monstruosa. Agora, adeus.

Fui andando, sem olhar para trás, independente, imitando um pouco o jeito de Augusto. Num bar comprei cigarros, embora tivesse um pacote em casa. À saída, olhei de relance e vi Augusto andando em minha direção. Perto da esquina, parei um pouco para encurtar a distância que nos separava. Ouvia o tique-taque de suas patas na calçada.

Mais adiante, uma prostituta mulata me segurou o braço para fazer negócio.

– Vai já pra casa?
– Estou morto de sono.
– Não quer antes ir ao meu quarto?
– Amanhã.
Ela apontou para o chão com certa repugnância.
– É seu esse cachorro?
Olhei, era Augusto, sim, com um olhar que pedia misericórdia. Mas dirigia seus olhos, seus olhos descorados, para a mulher e não para mim que lhe dera o bife. Entendem, vocês, uma coisa destas?
– Não é meu – respondi, voltando a andar.
Augusto apertou o passo e alcançou-me. Andava e olhava-me. Como é o mundo! Era ele que vinha atrás. Virei uma rua e o cão seguiu-me à pequena distância. Tornou a andar ao meu lado, roçando a minha perna, mais humilde, porém ainda olhando em torno, quem sabe na esperança de encontrar conhecidos ou qualquer tipo de atração. O que poderia encontrar na madrugada aquele cão sem dono e sem sorte?
– Você me fez passar um papel ridículo! – disse-lhe eu, sentido e com receio que deixasse de me acompanhar. – Se algum conhecido me visse atravessar a avenida com o bife me julgaria doido. Não gosto que riam de mim ou inventem histórias. Na redação, uma vez, quase matei um colega porque ele espalhou não sei o quê.
Augusto ouviu-me com atenção. Caminhava comigo como se eu fosse o seu dono, já desligado da noite e da sua mórbida atmosfera. Assim, durante umas três quadras. Perto do edifício onde moro, parei para melhor entendimento.
– Você tem ou não tem casa?
Augusto sacudiu o rabo pela primeira vez: negativo.
– Está com sono?
Nova sacudidela.
– Quer dormir?
Queria.
– Posso chamá-lo de Augusto?
Mais duas sacudidelas, breves.
Estávamos diante do labirinto de vinte andares, e duzentos apartamentos onde moro. O zelador dormia. Passamos sem despertá-lo. Entramos no elevador. Estava cansado e com a camisa molhada de suor. Mal abri a porta da quitinete, Augusto entrou.

– É proibido ter cães no prédio – disse-lhe. – Estou arriscando-me por sua causa. Espero que seja bem-agradecido.

2

Moro numa quitinete que sobre outras possui uma única vantagem: a área descoberta de metro e meio onde coloquei velhas cadeiras de vime e uma mesa desbeiçada. De lá vejo a rua, o que às vezes é excitante e multiplica a sensação de liberdade. Curioso: numa das alas do edifício da quitinete, que não possui esse espaço adicional, justamente nessa umas cinco ou seis pessoas se atiraram da janela desde que mudei para cá. Suponho que nem todas teriam chegado a esse extremo se pudessem como eu gozar do prazer de uma pequena área. As paredes comprimem as pessoas, expulsando-as para fora. E a janela também é uma saída. Confesso que também já senti a atração do vôo, mas a área, com seu ar fresco e seus jarros de flores, salvou-me.

Há dezenas de famílias, algumas numerosas, morando nesses cubículos. Vejo muitas crianças, sujas, raquíticas, piolhentas e ruidosas. O sotaque diz que são nordestinas. Não entendo o que essa gente procura em São Paulo. Isto por acaso é uma Canaã? Muito pelo contrário: é um campo de concentração, uma Babilônia sem nenhuma beleza, uma sórdida e desalmada metrópole. As quitinetes menos opressivas são aquelas que não têm propriamente moradores; são os "matadouros", alugados quase sempre por um grupo de rapazes, discretos, silenciosos e anônimos. Um deles (vi pela porta entreaberta) é decorado como um bar sob o toldo de um bulevar parisiense. O sexo é imaginativo. Topo com prostitutas em cada corredor, atarefadas no seu entra-e-sai. São muito bem-comportadas nos elevadores, tentando o disfarce de uma situação familiar. Mas são mais visíveis no verão, como as baratas. Há um paralítico que mora com um sobrinho no quinto andar. As más-línguas dizem que o paralítico é homossexual e que o rapaz não é seu parente. É uma versão que agrada a todos. A polícia de entorpecentes nos faz visitas constantes. Dezenas de quilos de maconha já foram encontradas nessas quitinetes, sem falar nos bolivianos que traziam coca nos saltos dos sapatos. Na quitinete ao lado da minha, mora um homem que pesa mais de duzentos quilos. Vive de apresentar-se nos programas de televisão como uma curiosidade gastronômica. É um contraste com a subnutrição da maioria dos inquilinos. Um dos mais melancólicos personagens deste gigantesco cenário é um mágico que mendiga oportunidades nas portas dos circos. Mal ganha para alimentar suas apoteóticas pombas. Na mesma linha de ganha-pão, vive aqui um anãozinho, artista também, que se torna insuportável quando bebe e se põe a chorar pelos corredores. Há muita gente estrangeira, aloirada e malvestida, disposta a fazer qualquer negócio, até os mais desonestos, para ganhar dinheiro. A diversidade de idiomas lembra o convés de um navio; isto é, um transatlântico de terceira classe, um barco de náufragos da sociedade. Mas não imaginem que o desconforto geral une os miseráveis inquilinos. Raramente se cumprimentam, cada um com sua vida e seus dramas. Apenas socializam-se uma vez por ano quando, reunidos no saguão, discutem a contratação de uma empresa de desinfecção para combater a proliferação dos insetos. Ganha essa batalha, que se trava na época de calor mais intenso, ninguém reata o fio da conversa, voltando cada inquilino a seu defensivo isolacionismo. Às vezes concluo que somente por um resto de vaidade não me incluo nessa heterogênea ralé, pois não sei como sou visto por fora, o que pensam e o que dizem de mim os habitantes deste fétido agrupamento.

Vendo Augusto dormir sobre um velho cobertor xadrez, num canto do cubículo, lamentei a falta de um quintal. Os cachorros precisam de espaço e o meu teve a cidade inteira para morar. Observei-o enquanto dormia. Deve ter nascido feio, mas agora está muito pior. O couro do focinho envelheceu. Suas patas calçam uma luva de barro. Os pêlos são pregados uns aos outros por uma cola municipal feita de poeira, terra e neblina. Os olhos, duas úlceras que enxergam. E o rabo é duma sensibilidade precavida, quase um instrumento de defesa. Senhoras e senhores, peço-lhes que reservem um pouco de sua piedade cristã para esse pobre cão paulistano, a quem neste momento, tornado presente pela viciosa memória, prometo proteger de todo o mal e dar-lhe todo o carinho e amparo de que tanto necessita.

— Vou lhe dar um belo banho quando acordar — disse em voz alta.

É mesmo um cão boêmio e degenerado. Acordou às onze, com o sol a pino sobre a área, e topou comigo a examiná-lo. Onde se viu um cachorro acordar tão tarde, embora seja sábado? Olhou ao redor, aflito, interrogativo e quase trêmulo. Com certeza, esquecera-se de tudo. Velho e desmemoriado, não lembrava que tinha um dono agora. Joguei-o na banheira. Decerto não apreciou a novidade, mas submeteu-se resignado ao sacrifício. Tive que renovar a água três vezes e gastar meio sabão para remover a sujeira seca que o cobria.

— Nunca vi um cão tão sujo, Augusto. Devia envergonhar-se.

Felizmente havia sol, um belo sol de fim de semana, em toda área onde instalei o hóspede. Depois, fui preparar o desjejum: leite, café, queijo e fatias de mortadela. Bebeu e comeu tudo num minuto, sem movimentar o rabo. Notei: limpo parecia menor, bem menor. Porém não mais jovem. A água evidenciara ainda mais sua velhice e feiúra. Pensei: "Será que já teve dono algum dia?" Respondi que não. Certamente nascera na rua e na rua permanecera até a noite anterior. Como se livrara da carrocinha até aquela data? Ah, lembrei-me de que sendo um cão do submundo não teria vida diurna, quando os vagabundos são caçados.

— Augusto, você vai viver como um príncipe.

Ouviu, desconfiado. Não era nem afetivo nem simpático. Assim que secou, deu um passeio pelo apartamento e depois foi cheirar a porta da rua.

— Você acostuma. Uma vez ou outra sairemos juntos. Não é um prisioneiro.

Augusto sentou-se sobre as patas traseiras, olhando-me e desejando explicações. Como dispunha de tempo, disse-lhe quem eu era e que profissão exerce. Apenas me deu maior atenção quando lhe contei que não tinha parentes nem amigos íntimos. Era o seu caso, suponho. Mas não me mostrei pessimista ou lamuriento. É desagradável ter um companheiro piegas. Para mostrar-me sociável, coloquei discos na vitrola. Foi cheirá-la. Gostava de música, via-se. Músicas ritmadas, bem populares e simples.

Na hora do almoço, desci e fiz algo que me encheu de satisfação: comprei comida em lata para Augusto. Umas três latinhas muito bonitas. Coisa para cães de luxo. Abri as latas diante dele, para que se impressionasse com minha dedicação. O cão somente tocou o focinho na comida. Voltou a cheirar a porta. Também não saí de casa no sábado e no domingo para que se acostumasse.

Na segunda-feira à tarde tive que ir à redação. Despedi-me de Augusto, apreensivo. Como ele se portaria sozinho? Fui trabalhar e não consegui concentrar-me em nada. Voltei antes do término do expediente: lembrava-me das pessoas que se atiraram da janela. Augusto poderia pular o muro da área. Ao girar a chave na fechadura, estava trêmulo e febril.

Augusto não me recebeu nem com latidos nem com o sacudir do rabo. Mas estava bem desperto. Lançou-me um olhar que não posso esquecer: uma súplica, não um agradecimento. Devia fazer festa, lamber-me as mãos, porém só dizia: "Obrigado pelo que fez, mas me deixe ir embora".

Eu não aceitei o pedido.

— Augusto, vamos conversar. Quer tornar a ser o que era? Não é direito. Todos nós precisamos ter um lar. Você agora tem um. Até lhe comprei comida em lata. E o cobertor? Já tinha dormido num?

Ele ouviu-me sem reações. Mal acabei, foi cheirar a porta.

— Certo, Augusto. Não se pode alterar os hábitos de alguém de um momento para outro.

Saímos juntos. O porteiro estranhou, e eu fingi que o cão não era meu. Fomos caminhando juntos pela rua. Observei que sob meus olhos Augusto não andava com a antiga liberdade. Entravado, capenga, rasteiro.

— Não lhe estou vigiando, Augusto. Apenas faço lhe companhia.

Durante umas duas horas, demos voltas pelos quarteirões. Permiti que escolhesse os caminhos e andasse um pouco à minha frente. Gostava de parar nas portas dos restaurantes, cinemas e boates. As aglomerações humanas o atraíam. Um molambo que vendia flores brincou com ele, já se conheciam. Olhava com interesse para os notívagos das esquinas, mas passava pelos policiais de cabeça baixa, como se os temesse. Ao cruzar com uma meretriz, mesmo sem receber carinho, agitou o rabo. Nem comigo, que o salvara, fora tão espontâneo naqueles dois dias. Seria atração sexual? Mas não olhava as mulheres que não pertencessem àquela triste condição. Da mesma forma, ignorava os homens que andavam apressados, com destino certo.

    Cansado, fui me encaminhando para o edifício. Ele atrás, com a cabeça baixa. Sem pressa nem vontade de chegar. Expliquei-lhe que pretendia levantar cedo no dia seguinte. Ao entrarmos, foi incontinenti para a área, ver a rua. Dei-lhe um pires de leite. Não tomou.

    – Magoado comigo? Fiz-lhe alguma coisa? Por que essa cara, Augusto?

    Acho que fingiu não me ouvir. Deitou-se, longe do cobertor e fechou os olhos. No meio da noite, acordei e fui espiá-lo. Estava estendido no ladrilho da área com os olhos abertos. Parecia concentrado no ruído distante dos bondes e dos carros. Cobri-o com um pano e tornei à cama. "Devia tê-lo beijado", pensei. Quase me levantei de novo para fazê-lo, porém tinha sono.

3

    Acordei mal-humorado, resolvido a tratar Augusto com muita ou toda a frieza. Dei-lhe leite e pão sem agradinhos e fui sentar-me à mesa da área, continuando a tradução de um romance policial indigno. Augusto não me faria esquecer as obrigações. Trabalhei, sisudo, até a hora de ir ao jornal. Preciso, sei como, dessas traduções. O ordenado que me pagam no vespertino é de dar pena, e o aluguel da quitinete quase dobrou neste ano. Graças às traduções e ao meu precário conhecimento de inglês, e ao mais precário ainda do meu editor, posso me vestir, freqüentar cinemas e os musicais. É vulgar, não me censurem, mas adoro o teatro rebolado. Costumo ir de óculos escuros e depois de iniciadas as sessões. No mês de dezembro, armo minha árvore de Natal, talvez a única do prédio, que pode ser observada com inveja pelos que moram no edifício fronteiro. Também dou presentinhos a algumas mulheres que fazem ponto nas redondezas. Compro champanha, frutas natalinas e tudo o mais. Esses prazeres me custam dinheiro.

Aquela tarde, saí sem falar ou olhar para Augusto. Queria magoá-lo. Voltei da redação mais tarde que habitualmente. Ao abrir a porta, porém, topei com uma cena que me cortou o coração e fez-me esquecer o ódio. Augusto, com o focinho pontudo, arrastava a tigela de água pelo apartamento, tão seco como sua língua.

– Isso não acontecerá mais, Augusto. Saí depressa, por causa de nossa rusga, e não lembrei da água.

Supondo, não sei por que, que esse pequeno incidente favoreceria nossa intimidade, ataquei meu conhaque. O álcool me solta a língua. Embriagado e comunicativo, contei a Augusto toda minha vida, mesmo os lances mais particulares. Foi uma ilusão. Não o sensibilizei. Ao concluir a primeira semana de convívio, descobri que fizera Augusto infeliz. Engordara, melhorara de pêlo, mas não se sentia bem.

Numa noite, desci com Augusto e fomos até uma das ruas que adorava freqüentar.

– Caro Augusto, tive muito prazer em conhecê-lo, mas não quero mais lhe encher o saco. Vá embora.

Augusto andou meio quarteirão, parou e ficou me observando. Num impulso, fiz meia-volta, atingi a avenida e entrei num cinema sem saber qual o filme que passava. Mas, uma vez sentado, consegui interessar-me por ele e me distraí. Na saída, fui a um restaurante dos mais caros. Por lá Augusto não passava. Depois, sem programa, dei umas voltas pela Vila Buarque. Quase que uma prostituta consegue arrastar-me para seu quarto: desembaracei-me dela com um empurrão violento. Juro: não pretendia ver Augusto novamente e se cruzei as ruas do seu mundo foi apenas levado pelo desejo de andar.

4

Daquela noite em diante, voltei a correr a Vila Buarque antes de ir dormir. Uns quinze dias mais tarde, precisamente numa meia-noite, vi um cão ordinário que me pareceu Augusto e era ele mesmo. Que sujeira, que estado lamentável! Na porta de um bar sórdido, um bêbado dividia com ele um sanduíche. Passei pelo bar em linha reta, junto ao meio-fio. Não me viu. Chegando à esquina, voltei e entrei no bar para comprar cigarros, sempre sem olhar para o maldito cachorro. Saí do bar em passos normais, quase roçando no bêbado.

O cão latiu, reconhecendo-me. Parei.

– Augusto? Como vai a vida?

O cachorro cheirou meus sapatos, apoiou-se em minhas pernas com suas patas sujas. Seus olhos fundos emitiam uma luz alegre e mantinha a boca aberta, como se sorrisse. Acariciei-lhe a cabeça, desejei-lhe boa-noite (com ironia) e voltei-lhe as costas. Fui andando devagar. O tique-taque das patas me seguiu.

– Quer dar um pulo em casa, Augusto? Um pouco de leite vai bem. Ou prefere um bife?

Augusto foi caminhando no meu lado, rabo baixo, cabeça curvada, alguém que enfrentava dias difíceis. Em silêncio chegamos à porta do edifício. O porteiro não quis deixá-lo entrar e recusou o primeiro suborno de dez cruzeiros. Paguei-lhe vinte para dar um teto ao pobre animal.

– Está com sorte, Augusto. Veja o que encontrei.

Era uma lata de carne para cachorros. Preparei um pequeno banquete. Muito contente, excedi-me no conhaque, esquecendo as advertências do médico, que me implorara não beber mais. O fígado está em pandarecos e por causa da bebida perdi vários empregos: aquela, porém, era uma ocasião especialíssima. Tão entusiasmado, desci para comprar mais um litro de conhaque. Ao voltar, vi com tristeza que Augusto não me esperara! Dormia como um chumbo sobre o cobertor da área.

Uma noite sim, outra não, saía com o cão para longas voltas pela noite adentro. Ele era incansável e tinha necessidade de andar. Perguntei-lhe se precisava de fêmeas. Engano meu: não dava importância a elas, talvez devido à sua idade avançada. Constatei, porém, que as cadelas não gostavam dele, evitando-o sistematicamente. Injusto. Augusto, quando bem tratado, até que não era um bicho repelente.

– Você é um desajeitado – disse-lhe, andando a seu lado. – Com um pouco de insistência, teria emprenhado aquela bassê. É um complexado. Já era assim quando jovem?

Com o tempo Augusto voltou a mostrar-se insaciável. Na verdade, nunca fora o companheiro ideal. Eu errara em valorizá-lo demais. Deixou de lamber-me as mãos, chateado de viver naquele retângulo. Desprezava o cobertor, preferindo dormir no ladrilho, e não queria leite. Quando eu voltava do trabalho, não me saudava com o rabo, novamente paralítico. Ficava o tempo todo na área a olhar a rua. Numa noite, inesquecível para mim, recusou-se a sair. Abri a porta: ele refugiou-se no banheiro. Com isso queria dizer que não lhe interessava um mero passeio.

Perdi o controle:

— Não me faça desaforos, Augusto. Pensa que imploro sua companhia? Tenho amigos e já tive até uma amante. Para mim você não passa de um cão vagabundo. Posso ter muita gente para conversar. Escrevo para jornais e já publiquei um livro. E você? Quem é você, afinal de contas?

Não imaginem, pelo amor de Deus, que eu levava a vida preocupado com esse cão sarnento. Muitas vezes, antes de ir ao jornal, sentava-me nos bares abertos da São Luís e tomava Campari ou finalô. Certa vez, um conhecido me reconheceu, sentou-se ao meu lado e batemos um papo muito agradável sobre minérios, guerrilhas e mulheres. Queria que Augusto visse. Marcamos encontro para dois dias mais tarde. Mas todos têm nesta cidade cruel vida atribulada e ele não pôde comparecer. Também não sou tímido a ponto de fugir das mulheres. Há uma prostituta da Vila Buarque, a quem chamo de Naná. Ela foi bailarina de *taxi-girl* em melhores dias e sempre tem o que contar.

— Vá ao meu apartamento sábado. Controlo o porteiro.

Não estava lá muito atraído por Naná, mas queria mostrá-la ao maldito cachorro. Certamente me julgava um pobre-diabo, sem relações sociais. Pedi a Naná que vestisse seu melhor vestido, pois programara um restaurante de luxo. Dei-lhe dinheiro adiantado.

— Você está querendo apresentar-me a alguém?

Realmente, no sábado, na hora marcada, Naná tocou a campainha de minha quitinete. Um belo vestido e um perfume sufocante.

— Vá entrando, princesa.

Já preparara dois finalôs terrivelmente gelados. Lancei um olhar furtivo para Augusto, que abandonara a área para passear em torno da visitante.

— Que cachorro feio! É seu?
— Não é tão feio assim, e se vê logo que é um *fox terrier*.
— Tem pulgas?
— Toma três banhos por semana com sabão de enxofre.

Nana não acreditou em mim e afastou Augusto de suas pernas. Gostei de ver a humilhação. O cão foi esticar-se na área fresca, com o focinho no ladrilho, voltado para Naná. Puxei um *puff* para perto dela e começamos a conversar. A mulher ergueu-se de sua cadeira e veio dividir o *puff* comigo, formando um perfeito parzinho romântico. Parecia coisa ensaiada.

— Veja como ele nos olha – observou Naná.
— Não ligue.
— Um cão antipático.

Acariciei Naná e beijei-a. Estava calor, ela tirou o vestido, eu a camisa esporte. Ela decidiu tirar o sutiã, tirei as calças. Aí a meretriz fez um protesto:

— Com ele a nos olhar, não.

Pedi a Augusto que entrasse no banheiro. Ele resistiu mesmo quando insisti. Agarrei-o com força e atirei-o como uma coisa no banheiro. Fiz mais: tranquei a porta.

— Assim, sim – disse Naná, tirando o resto da roupa.

Durante umas duas horas, eu e Naná estivemos largados no tapete. De quando em quando, eu ia à cozinha, buscar mais bebida e encostava o ouvido na porta do banheiro. Amarramos um porre daqueles. Às onze, saímos, famintos. Mas não soltei Augusto, talvez por esquecimento. Voltei para a quitinete com os primeiros raios de sol. Augusto rosnava. Que tortura para um cão claustrófobo! Mesmo assim não o libertei. Caí no sofá e só despertei às duas da tarde. E, para aborrecê-lo ainda mais, fiquei uma hora passeando de um lado e de outro.

Ao abrir a porta, afastei-me. Não foi imediatamente que vi o horrendo focinho junto ao batente. Saiu do banheiro e moveu-se até a área, sem olhar-me. Sua tigela estava vazia; enchi-a de água fresca, mas o cão, apesar da boca seca, ignorou o socorro. Desci para comprar comida, e no lugar das latas, cujo conteúdo Augusto pouco apreciava, comprei um frango. Fiz uma extravagância: piquei o frango e larguei-o no prato do cão; o cheiro bom invadiu o apartamento todo. Mas ele nem o tocou.

Foi aquela uma tarde horrível. Os dois juntos, no estreito retângulo, um sem tomar conhecimento do outro. À noite, não saí. Fiquei na cama, lendo Mailer, a olhar o bicho com o canto dos olhos. O canalha parecia dormir, porém estava bem acordado; já conhecia seus truques. Ao apagar a luz, de madrugada, já sabia que essa situação não podia continuar.

5

Minha derradeira tentativa de entendimento foi pueril: uma bola de borracha. Dinheiro jogado fora, Augusto não gostava de brinquedos. Somente pessoas o interessavam.

– Augusto, você não gosta mesmo daqui. Não vamos discutir as razões. Talvez eu também detestasse a prisão num cubículo. Minhas intenções foram das melhores. E, quanto àquele dia que o tranquei no banheiro, juro que foi uma confusão. Pretendia soltá-lo antes de sair com aquela vagabunda.

O cão não quis conversa, não aceitou as desculpas. Meia hora depois, estávamos justamente no ponto onde o encontrei pela primeira vez. Ensaiei uma despedida sentimental e ridícula.

– Você está livre, Augusto. Vá viver sua vida. Agora, se for por causa de Naná, prometo não levá-la mais para casa. A amizade dela não me interessa. A vigarista quer apenas o meu dinheiro.

Creio que nem ouviu tudo, com pressa de afastar-se de mim. Incontinenti fui procurar Naná e tive a boa sorte de encontrá-la. Tomamos uns venenos e dançamos no inferninho onde trabalhava.

– Quer ir ao meu apartamento?
– O pulguento ainda está lá?
– Acabo de enxotá-lo.

Quando entrei com Naná na quitinete, ela me pareceu ainda menor, mais sufocante e solta no espaço. Lembrei-me de Augusto preso no banheiro e tive, confesso, tanta pena, que o divertimento não valeu. O coitado do cão ficara lá durante dezesseis horas sem água. Sua zanga tinha razão de ser.

A ausência de Augusto, porém, me trouxe alívio. Por causa dele, eu me prendia excessivamente no quarto. Voltei a ter encontros com

Naná pelo menos uma vez por semana. Num bar, conheci um cavalheiro estudioso que dizia conhecer tudo sobre a colonização holandesa. Chamava-se Bernardo, e se bem fosse criatura simpática e comunicativa, carregava uma grande mágoa na alma:

– O desastre, escute bem, foi termos expulsado aquela gente.
– Que gente, Bernardo?
– Os holandeses, eu falo.

Bebia, muito, com marra, e esse episódio histórico, tão irremediável, tornava-o taciturno, quando não agressivo. Baixava a cabeça, com os olhos no fundo do copo, e apenas se movia para novas doses. Poucas, sim, mas longas, sofridas, abismais. Eu tentava sentir toda a extensão daquela dor. Sinceramente, pedia-lhe informações, que terminavam com um refrão:

– Ora, Bernardo, isso faz séculos...

Bernardo devia achar pueril minha argumentação, tanto que não a rebatia. Olhava à distância, como se visse as fragatas holandesas afastando-se das praias, levando com elas a cultura, a civilização e o futuro.

– Vou lhe mostrar uma relíquia – prometeu-me no ouvido.

Tirou do bolso uma moeda no desgaste de sua forma esférica.

– Quem é esse?
– Nassau.
– Simpático.

Bernardo devolveu a moeda ao bolso sem dar-me tempo a exame mais detido. Era ciumento.

– Este país só teve um homem decente – explicou-me. – Calabar.

– Não foi um traidor?
– Calabar, eu falo.

Não quis discutir, a história não é o meu forte. Depois, incomodavam-me aqueles olhos fitando a mim e minha ignorância de tão perto. Pedi-lhe que me deixasse ver outra vez a moeda, como se pudesse chegar pelo tato aos conhecimentos que me faltavam. Ignorou a solicitação, considerando a inutilidade do meu esforço.

Tivemos vários encontros. No terceiro, tendo passado pela biblioteca, papagueei alguns nomes de batalhas e respectivas datas da invasão holandesa. Não lhe causei a impressão desejada. Até piorei tudo. Para certas pessoas, alguns sabichões, é melhor não saber nada do que saber pouco.

— Nunca lhe falei de Augusto? — indaguei.

Talvez por julgar meu companheiro suficientemente louco para entender certas histórias ou um solitário como tantos, contei-lhe tudo que pude sobre o maldito cão que alojei em minha casa. Bernardo (tinha olhos de manequim, já devia ter dito) ouviu-me com o maior espanto e apreensão. Creio que ficou com medo de mim.

— O senhor fala de um cachorro?

— Não aprecia os cães?

— Preciso telefonar — disse ele. — Volto num minuto.

Bernardo levantou-se, com estudada naturalidade, e entrou no bar. Fiquei à sua espera mais de uma hora, jogando pedras de gelo num copo de Campari. Inútil espera. O admirador de Calabar tinha se safado. Não se pode confiar num homem que presta culto a um traidor. No entanto, apesar desse gesto anti-social, procurei Bernardo durante algumas noites pelos bares abertos.

O que houve depois foi um cansaço. Um ódio permanente por esta cidade, uma vontade de conhecer novos lugares e pessoas nos trens. As relações casuais sempre me divertiram. Lembro-me que cheguei a propor ao secretário do jornal que me mandasse fazer reportagens fora da cidade.

— Está se sentindo melhor? — perguntou.

— Estou muito bem agora — respondi com firmeza.

— Não esquecerei seu pedido. Aguarde.

Retornei ao meu hábito de passear pela cidade até de madrugada. Sempre desinteressado, à espera de que o jornal me convidasse para uma longínqua reportagem, vagava pelas ruas. Dei de procurar Naná com insistência, mas ela andava sumida. Soube mais tarde, por seu próprio intermédio, que um velhote alemão não lhe dava folga, tentando seduzi-la com a exibição de um carunchado Citroen. Fiz-lhe uma proposta séria:

— Venha morar comigo. Mude hoje mesmo.

— Morar naquele apartamento?

— É limpo e tem uma área!

— Não agüentaria uma semana. Ficaria doida.

Meus amigos e compatriotas, não sou culpado de morar num apartamento tão pequeno. O Brasil é um dos maiores países do mundo em comprimento e largura. O Atlântico é nossa banheira. As residências poderiam ser térreas, ajardinadas, espaçosas e baratas. Gostaria de ver o carteiro todas as manhãs em seu uniforme limpo, rodeado de crianças e cachorros. Mas há toda uma arquitetura do desconforto solidamente organizada, que deve render bilhões. Há cérebros eletrônicos para limitar nosso espaço vital. As antigas casas dos nossos avós, com cômodos para fantasmas, não existem mais. O living engoliu o quarto. A sala de jantar é um luxo. Descobriram a inutilidade da cozinha. Os corredores só levam ao desperdício. Resta apenas como espaço secreto o banheiro. Mas é provisório. Logo teremos que fazer as necessidades físicas diante das visitas. Na guerra não há esses pudores. Estamos sendo apertados entre paredes como nos filmes de terror. Outro dia, mais um suicídio. Não sei se falei do mágico. O coitado apanhou um reumatismo e não pôde mais sair, ele que era motomaníaco igual a mim. Vi-o na calçada em seu *smoking* roto e ensebado, exposto a pilhérias grosseiras. No bolso, trazia um baralho que revelava a ingenuidade dos seus truques. Uma pomba, a última da sua fase de ouro, acompanhou-o até o meio do caminho, depois foi pousar num fio elétrico. Somente abandonou seu acrobático posto quando levaram o corpo do dono. Senhores arquitetos, neguem-se a traçar com seu talento essas gaiolas malditas, essas gélidas colméias, essas despóticas senzalas. Não transformem nosso desconforto em lucros. Nem os homens em moradores. Como viram, nem os ilusionistas podem suportar a compressão dessas paredes.

A morte do mágico obrigou-me a pensar em Augusto. Julguei tê-lo entendido. Não era a mim que o pobre cão odiava, mas à quitinete. Se eu morasse numa bela casa, com certeza seria meu amigo. Os cães quando vivem bem fazem amizade até com os gatos. São deliciosamente interesseiros. Mas, preso num cubículo, reconheci, não podia aceitar-me. Talvez eu conseguisse mais espaço morando no subúrbio. Decidi procurar Augusto. Todas as noites percorria as ruas da Boca do Lixo. Durante um mês, nada. Mas sou insistente. Acabei por reencontrá-lo.

6

Foi numa esquina.

– Que surpresa, Augusto!

O cachorro não me deu bola.

– Já esqueceu de mim, Augusto?

Não esquecera: provou-o baixando a cabeça e afastando-se ligeiro.

Confesso que jamais senti tanto ódio. Afinal, vivera à minha custa, comera carne enlatada e até frango. Dormira sobre um cobertor tratado como se fosse gente. Esse cão ingrato merecia um castigo. Na noite seguinte, voltava à Vila Buarque para encontrá-lo. Queria dar-lhe um pontapé. Aleijá-lo, sim.

A procura demorou uns quinze dias. Foi numa noite de garoa que o vi farejando uma lata de lixo. Não havia ninguém perto. Aproximei-me.

– Venha aqui, Augusto. Precisamos conversar.

Mal me viu, foi tomando, cauteloso, o rumo da avenida. Fui atrás, fiquei a seu lado.

– Comendo lixo? Está com fome, Augusto? Lá adiante há um restaurante. Vou lhe comprar um bife.

Quando entrei no estabelecimento, Augusto, embora tivesse me entendido, disparou. Parecia ter visto o diabo.

Fui para casa e sentei-me à máquina de escrever: "Cães vagabundos, provavelmente hidrófobos, vagueiam à noite pelas ruas da Vila Buarque. Várias pessoas já foram mordidas. A Prefeitura precisa tomar providências com toda urgência". Era um abaixo-assinado que correu o prédio todo pelas mãos do zelador, generosamente gratificado. Levei o abaixo-assinado ao jornal e apresentei-o ao secretário, pedindo destaque.

– É matéria muito corriqueira.

– O senhor não viu as pessoas mordidas. Duas estão entre a vida e a morte.

No dia seguinte, a matéria saía. Recortei uns vinte exemplares e enviei a notícia a todos os jornais e emissoras de rádio. O abaixo-assinado, eu mesmo levei ao gabinete do Prefeito, solicitando, dramaticamente, que a carrocinha desse uma busca pelas ruas mencionadas no documento.

À noite, saía para a minha ronda. Como visse alguns cães pelas ruas, resolvi pressionar o Prefeito com sucessivos e aflitos telefonemas. Apenas me dei por satisfeito quando vi uma lágrima nos olhos do dono de um boteco da Boca, também conhecido como "a boate do cachorro". O português, possesso, maldizia a carrocinha. Seu enorme cão preto, uma espécie de leão-de-chácara do estabelecimento, havia sido caçado naquela noite. Tão esperançoso fiquei que fui comemorar o fato enchendo a cara no primeiro antro.

Mostrei minha carteira de jornalista e atravessei o portão do canil da Prefeitura. Lá estava a plebe da sociedade canina, os lúmpens da raça: enferidados, magros, famintos, desdentados, vagabundos e loucos. Raros eram salvos da câmara de gás, pois a maioria não tinha dono. Tive a impressão de que todos sabiam o destino que lhes seria reservado. Por isso, latiam e debatiam-se contra as grades. Uma cadela havia dado cria naquele instante: iria com os filhotes para a câmara. Um garoto de cabelos revoltos reconhecia o seu cão, um buldogue, no meio da cachorrada. Fui passando pelos canis, na expectativa, aspirando o cheiro gasto dos cães e encarando lentamente aquelas caras em pânico.

– Augusto! – exclamei.

Era ele, o condenado, com seu focinho morto, seus olhos sem brilho e introspectivos, sua apatia e conformismo. Mas, ao ver-me, que súbita transformação! Pôs-se a saltar atrás das grades, abrindo toda a boca, desesperado e feliz, vendo em mim o amigo, o herói e o salvador. O cão, por entre as grades, lambeu-me as mãos.

– Querem mandá-lo para a câmara de gás! – bradei, com voz encorpada, para que não tivesse dúvidas.

Augusto continuou a lamber-me as mãos, humilde, grato e afetivo.

– É seu esse cachorro? – perguntou um dos guardas.

– Solte-o! Pago quanto for preciso.

Quando a jaula foi aberta, Augusto saltou sobre mim, alucinado! Aquilo era alegria! Curvei-me para beijá-lo e ergui-o nos braços, sentindo-o mais leve. Pela primeira vez trocamos afetos verdadeiros e acreditei que dali por diante seria sempre assim. Paguei o que devia pagar, saímos, ele desenferrujando o rabo. Na rua, feliz, mas cauteloso, comprei uma coleira e uma corrente para Augusto. Havia um gravador ali perto: pedi que gravasse numa chapinha da coleira o nome do meu cão.

Augusto estranhou a coleira apenas um minuto, aceitando depressa a nova situação. Ao passarmos pelo armazém, fiz uma apreciável despesa, comprando um sortimento de latas de alimentos para cães. Pensei também em vaciná-lo.

No apartamento, disse-lhe com voz embargada:

– Livrei-o de boa, meu caro. Iam matá-lo a gás como fizeram com Chesmann e cinco milhões de judeus. Mas tive a intuição e salvei-o em cima da hora. Quero que morra de velhice. Prometo-lhe um túmulo digno num cemitério de cães. Mas há um porém: você não poderá ficar mais na rua como um cão sem dono. Aqui é seu lar.

Augusto era inteligente: entendeu tudo. Submeteu-se com a maior boa vontade ao banho, tomou sol na área sem pisar o assoalho com as patas molhadas e comeu sua papinha de leite com uma voracidade que me comoveu.

À noite, quando voltei da redação, recebeu-me com festa, como todos os cães fazem a seus donos. Coloquei discos na vitrola e saí para comprar conhaque para mim e salsichas para ele.

Na mesma semana, encontrei Naná.

– Olhe, aquele senhor alemão não tem aparecido mais.

– E daí?

– Apareça esta noite na boate.

– Não posso.

– Quer que vá ao seu apartamento?

– Você disse que ele é abafado, não disse? Não precisa ir. Adeus.

Não sou do tipo que dá muito expediente às prostitutas. Escrevo em jornal, tenho um livro publicado e levo uma vida normal. Além do mais, não queria que Augusto esperasse muito por mim, pois programara um passeio de coleira.

Mentiria se dissesse que Augusto morria de satisfação quando o prendia à corrente, mas era evidente que fazia esforço para mudar seus hábitos. Na verdade, não o conduzia pelas ruas malditas dos boêmios e marginais. Preferia as praças, as vias arborizadas e burguesas e as imediações dos colégios.

Mas a história não acaba aqui.

7

Como já disse, o regulamento do edifício não permitia que os inquilinos tivessem animais. Isso custou-me uma taxa de suborno. Não me importei. As noites de solidão haviam acabado. Quando regressava do jornal, sabia que ia encontrar Augusto à minha espera. Meu maior entretenimento era dar-lhe grandes banhos de espuma. Certa manhã, levei-o a um hospital de cães, onde lhe extraíram uns dentes podres e o cavinaram. Seu mau hálito desapareceu. O veterinário receitou um pozinho vitamínico para adicionar às refeições do cão, e cheguei a assinar uma famosa revista norte-americana sobre *cats and dogs*. Claro que não pretendia que vencesse nenhum concurso de beleza, mas o queria sadio e disposto.

Foi um período bom de verdade. Até no jornal fiz progresso. Infelizmente, tive que recusar um pedido do secretário que queria me mandar para o Nordeste. Onde deixaria Augusto? Perdi uma grande oportunidade sem lamentação.

Lembro-me também de uma tarde em que ia andando pela avenida quando vi o Bernardo. Apressei o passo, alcancei-o e bradei, face a face.

– Calabar foi traidor! Você é um doido!

É o diabo que vira as coisas. Quando menos esperava, Augusto voltou a cheirar a porta e, ao ouvir a primeira reprimenda, foi dormir no ladrilho, seu grande sinal de rebeldia. Deixou de acordar-me com sua língua comprida e o rabo imobilizou-se outra vez. Comia somente o essencial e receei que ensaiava uma greve de fome. Não me encarava, mais taciturno que antes, mais ressentido e sombrio. Nossa convivência voltou a ser intolerável e naufragada. Certamente fiz minhas desfeitas: dormi uma noite no hotel só para observar no dia seguinte o focinho dele. Nem se importou. Num sábado, cheio de conhaque, larguei-me teatralmente no chão, fingindo-me morto. O desgraçado foi para a área e esperou calmamente que eu me levantasse. Durante uma semana só lhe dei ossos e água suja. Emagreceu, mas não estrilou. Passou a me ignorar como se nunca me tivesse visto.

– Vamos sair, Augusto.

Abri a porta e ele saiu normalmente. Ganhamos a rua. Ele foi andando à minha frente, de cabeça baixa, sem a coleira, barriga no chão. Ao ver uma prostituta fez-lhe festa: a mesma que na primeira noite saudara com o rabo. Então, disparou. Como uma flecha. Perdi-o de vista num instante. Já esperava por esta. Fiz meia-volta e fui ao encalço da mulher. Antes que ela atingisse a avenida, abordei-a.

— O que faz esta noite?
— Você é quem faz o programa – respondeu. – Tem apartamento?
— Você tem?
— Um quartinho lá na Boca.

Eu queria conhecer seu ambiente, investigar. Fomos. Era um quarto acanhado, repleto de bibelôs, santos e toalhinhas. Um cinzeiro com mil pontas de cigarro. Foi um sacrifício possuí-la naquela estúpida noite de calor.

Depois, as perguntas:
— Conhece aquele cachorro?
— Que cachorro?
— O que lhe fez festa.

Ela riu, lembrando.
— Ah, o Piloto?
— Chama-se Piloto?
— É como o chamamos.
— Tem dono?
— Coitado! Quem ia querer ele?
— Dizem que foi preso pela carrocinha e que o soltaram.
— Ninguém faria isso.
— Gosta dele?
— Gosto de cães, mas prefiro os gatos.
— E ele gosta de você?
— O Piloto?
— É dele que estamos falando, não? Responda: ele gosta de você?

A mulher, já irritada, sacudiu os ombros.
— Ele gosta de todo o mundo.
— É mentira! Não gosta de todos.
— O quê?
— Disse que não gosta de todos.

— Mas o que está querendo saber?

Ela estava sentada diante do espelho com uma vasta cara de imbecil. Devia camuflar informações, mas era evidente que pertencia ao clã de Augusto. Resolvi parar por aí. Atirei um dinheiro sobre a cama e desapareci.

Voltei a rondar os quarteirões. A um vagabundo perguntei se vira o Piloto, o homem abriu a bocarra num vasto sorriso, como se eu lhe tivesse perguntando de um parente, e respondeu que não. Piloto às vezes desaparecia de circulação, era tido como morto e depois aparecia, sempre mais velho e mais feio.

Perdi semanas nessa procura. Num sábado, depois da meia-noite, vi Augusto sair de um bar, mastigando alguma coisa. Segui atrás, cauteloso. Mesmo sem olhar, pressentiu minha aproximação. Apertou os passos, rente à parede, barriga colada no chão, como um bassê, rabo na calçada, orelhas baixas, captando o som ardiloso dos meus passos. Num impulso, alcancei-o.

— Sou eu! — bradei.

Augusto ou Piloto, parou, espantado. Rosnou ameaçadoramente, mas era um covarde: virou-se para correr em sentido contrário. Saquei o revólver: dois disparos rápidos. Vi o cão saltar e depois correr em ziguezague com a malícia de um delinquente perseguido pela polícia. Corri também e suponho que voltei a atirar. Um guarda apitou e me deteve.

Na delegacia, menti que fora vítima de um assalto. Atirara em legítima defesa. Possuía porte de arma, folha limpa e era jornalista. Pediram-me que fizesse o retrato falado do assaltante. Divertindo-me, fiz uma descrição pormenorizada, incluindo alguns traços característicos de Augusto.

— Vocês o apanharão, estou certo.

Não voltei para o apartamento. Mal surgiu o sol, retornei ao trecho onde atirara em Augusto. Procurava algo e encontrei: sangue. Ao menos, o havia atingido. Era um consolo. Na noite seguinte, topei com o vendedor de flores que me parecera amigo de Augusto.

— Uma rosa, cavalheiro?

— Pago muito mais por uma informação.

— Fale. Conheço todas as mariposas da Boca.

Olhei-o bem sério.

— É sobre um cão. Conhece o Piloto?
— Conheço.
— Quando o viu pela última vez?
— Ontem. Estava machucado.
— Acha que morreu?
— Esses cães vagabundos são fortes.

Aí inventei uma bela história: Piloto mordera um garotinho que morrera em conseqüência. O cão estava hidrófobo. Um perigo para todos. O vendedor de flores ouvia atento, mas incrédulo. Resolvi convencê-lo de outra maneira.

— Pago cinqüenta cruzeiros a quem matá-lo. Mas quero ver o corpo.
— Não tenho coragem.
— Então amarre-o e me traga. Vou deixar meu endereço com você. Se outra pessoa, amiga sua, também encontrá-lo, receberá a gratificação.

Era o começo. Falei com porteiros de inferninhos, garçons de boates, vigias de obras, traficantes de maconha, músicos de espelunca, mariposas, sujeitos mal-encarados sem profissão definida e um tira da polícia que explorava o lenocínio. Esse trabalho custou-me uma semana de trabalho paciente e determinado. Com quantas pessoas falei? Umas cem, provavelmente. Boa parte delas conhecia ou dizia conhecer o Piloto.

Por último, fui procurar aquela meretriz que já interrogara. Contei a história da hidrofobia e ofereci-lhe os cinqüenta pacotes. Mas não contava com a reação.

— Saia daqui, monstro!
— O que está falando?
— Não faço isso!
— Dou-lhe cem.
— Nem por um milhão.
— Ele está espalhando uma doença contagiosa pela cidade.
— Que espalhe! A mim não vai morder. Agora, saia!

Creio que agi com inteligência. Joguei os próprios amigos de Augusto contra ele. Ele que confiava tanto nessa gente! Sempre que voltava à minha ronda, encontrava um desses lúmpens na esquina, assobiando, cordial, sorridente, à espera de Augusto para matá-lo. O manobrista de um estacionamento mostrou-me uma barra de ferro com a qual pretendia esmagar a cabeça do cão. O porteiro de uma casa noturna todas as noites aparecia com um bife envenenado. Um traficante de maconha piscou seu olho congestionado, e apalpou o revólver sob o paletó. Engraçado foi uma pedinte que levava uma faca enferrujada numa sacola com o mesmo fim. Um verdadeiro exército de marginais numa estranha gincana dentro da madrugada.

Na noite em que a caçada completava uma semana, bateram na porta de minha quitinete.

Era o vendedor de flores:

– Parece que apanharam o cachorro.

– Se for positivo, você terá uma gratificação pelo aviso.

O rapaz levou-me para uma das esquinas do roteiro sórdido de Augusto. Lá estavam um garçom (amigo de Augusto, amigo do peito!) e um corcunda que vivia de dar sorte correndo os antros da Boca. Nem me lembrava de ter falado com ele. Na calçada vi Augusto ou Piloto com a cabeça esmagada.

– Como foi?

– Uma emboscada – disse o garçom.

– O senhor vai mesmo dar o dinheiro? – inquiria o malvado corcunda.

– Vamos aos detalhes – exigi. – Como foi a emboscada? Contem tudo. Por onde ele vinha? Por lá?

A contragosto, os dois fizeram a reconstituição. Augusto atravessara a Boca do Lixo sem ser visto, apesar da vigilância. O garçom, na porta da boate, percebeu um cão que se aproximava mancando. Mas logo atrás dele já caminhava o corcunda com um paralelepípedo nas mãos. Ia arremessá-lo, embora com receio de errar o alvo. O garçom fez-lhe um sinal e começou a brincar com Piloto, acariciando-lhe a cabeça premiada e forçando-o a deitar na calçada a fim de dificultar-lhe os movimentos. O corcunda, chegando-se, ergueu o paralelepípedo o mais que pôde e, apesar do seu infeliz defeito, foi bem-sucedido.

Não precisava ouvir mais nada: vinte e cinco cruzeiros para o garçom, mais vinte e cinco para o corcunda e dez para o vendedor de flores.

– Vamos jogá-lo na lata de lixo – disse o garçom.

– Vou levá-lo – respondi. – Não toquem nele, vocês.

Afastei-me com Piloto estendido nos meus braços, como se carregasse uma criança. Parecia um sonâmbulo. Fui atravessando a Boca, acompanhado pelo corcunda e alguns vagabundos que a ele se juntavam. Não sei quantos eram. A tal meretriz saía da sua cabeça-de-porco quando me viu. Pôs-se a dirigir-me palavras de baixo calão. Não lhe dei trela. Atrás de mim, ia parte dos amigos e perseguidores de Augusto, ainda com suas armas. Fiz sinal ao vendedor de flores para que me desse uma rosa. O porteiro do edifício tentou impedir que eu entrasse com o cachorro morto, mas empurrei-o com a mão esquerda.

Na quitinete fiz o cadáver repousar sobre minha própria cama. Não lhe tinha mais rancores. Perdoei-o por tudo que me fez naqueles meses. Pensei em embalsamar o meu amigo. Porém não sei como isso se faz. Resolvi enterrá-lo no belo cemitério de cães de nossa cidade. Saiu cara a extravagância. O jornal relutou, porém me adiantou uma quinzena do ordenado. Além da compra do terreno, mandei fazer um túmulo, não dos mais ricos, embora majestoso, com muito mármore, uma cruz e um epitáfio. Com que dificuldade o redigi, sempre muito piegas e excessivo. Ficou assim: "Aqui jaz Augusto, que foi para seu dono um amigo perfeito". Concluído o túmulo, que ainda pago em horas extras no jornal, tirei fotografias. Uma delas, ampliada e colorida, está à minha cabeceira. Semanalmente, vou levar-lhe flores. Passo longo tempo enfeitando o túmulo, sempre o mais florido daquela quadra.

Bibliografia

Livros

Contos, Novelas e Romances

– *Ferradura dá sorte?* (romance), Edaglit, 1963 [republicado como *A última corrida*, Ática, São Paulo, 1982].
– *Um gato no triângulo* (novela), Saraiva, São Paulo, 1953.
– *Café na cama* (romance), Autores Reunidos, São Paulo, 1960; Companhia das Letras, São Paulo, 2004.
– *Entre sem bater* (romance), Autores Reunidos, São Paulo, 1961.
– *Enterro da cafetina* (contos), Civilização Brasileira, Rio de Janeiro, 1967; Global, São Paulo, 2005.
– *Soy loco por ti, América!* (contos), L&PM, Porto Alegre, 1978; Global, São Paulo, 2005.
– *Memórias de um gigolô* (romance), Senzala, São Paulo, 1968; Companhia das Letras, São Paulo, 2003.
– *O pêndulo da noite* (contos), Civilização Brasileira, Rio de Janeiro, 1977; Global, São Paulo, 2005.
– *Ópera de sabão* (romance), L&PM, Porto Alegre, 1979; Companhia das Letras, São Paulo, 2003.

- *Malditos paulistas* (romance), Ática, São Paulo, 1980; Companhia das Letras, São Paulo, 2003.
- *A arca dos marechais* (romance), Ática, São Paulo, 1985.
- *Essa noite ou nunca* (romance), Ática, São Paulo, 1988.
- *A sensação de setembro* (romance), Ática, São Paulo, 1989.
- *O último mamífero do Martinelli* (novela), Ática, São Paulo, 1995.
- *Os crimes do olho-de-boi* (romance), Ática, São Paulo, 1995.
- *Fantoches!* (novela), Ática, São Paulo, 1998.
- *Melhores Contos Marcos Rey* (contos), 2. ed., Global, São Paulo, 2001.
- *Melhores Crônicas Marcos Rey* (crônicas), Global, São Paulo, prelo.
- *O cão da meia-noite* (contos), Global, São Paulo, 2005.
- *Mano Juan* (romance), Global, São Paulo, prelo.

Infanto-juvenis

- *Não era uma vez*, Scritta, São Paulo, 1980.
- *O mistério do cinco estrelas*, Ática, São Paulo, 1981; Global, São Paulo, prelo.
- *O rapto do garoto de ouro*, Ática, São Paulo, 1982; Global, São Paulo, prelo.
- *Um cadáver ouve rádio*, Ática, São Paulo, 1983.
- *Sozinha no mundo*, Ática, São Paulo, 1984; Global, São Paulo, prelo.
- *Dinheiro do céu*, Ática, São Paulo, 1985; Global, São Paulo, prelo.
- *Enigma na televisão*, Ática, São Paulo, 1986; Global, São Paulo, prelo.
- *Bem-vindos ao Rio*, Ática, São Paulo, 1987; Global, São Paulo, prelo.
- *Garra de campeão*, Ática, São Paulo, 1988.
- *Corrida infernal*, Ática, São Paulo, 1989.
- *Quem manda já morreu*, Ática, São Paulo, 1990.
- *Na rota do perigo*, Ática, São Paulo, 1992.
- *Um rosto no computador*, Ática, São Paulo, 1993.
- *24 horas de terror*, Ática, São Paulo, 1994.
- *O diabo no porta-malas*, Ática, São Paulo, 1995.
- *Gincana da morte*, Ática, São Paulo, 1997.

Outros Títulos

– *Habitação* (divulgação), Donato Editora, 1961.
– *Os maiores crimes da história* (divulgação), Cultrix, São Paulo, 1967.
– *Proclamação da República* (paradidático), Ática, São Paulo, 1988.
– *O roteirista profissional* (ensaio), Ática, São Paulo, 1994.
– *Brasil, os fascinantes anos 20* (paradidático), Ática, São Paulo, 1994.
– *O coração roubado* (crônicas), Ática, São Paulo, 1996.
– *O caso do filho do encadernador* (autobiografia), Atual, São Paulo, 1997.
– *Muito prazer, livro* (divulgação), obra póstuma inacabada, Ática, São Paulo, 2002.

Televisão

Série Infantil

– *O sítio do picapau amarelo* (com Geraldo Casé, Wilson Rocha e Sylvan Paezzo), TV Globo, 1978-1985.

Minisséries

– *Os tigres,* TV Excelsior, 1968.
– *Memórias de um gigolô* (com Walter George Durst), TV Globo, 1985.

Novelas

– *O grande segredo,* TV Excelsior, 1967.
– *Super plá* (com Bráulio Pedroso), TV Tupi, 1969-1970.
– *Mais forte que o ódio,* TV Excelsior, 1970.
– *O signo da esperança,* TV Tupi, 1972.
– *O príncipe e o mendigo,* TV Record, 1972.

– *Cuca legal,* TV Globo, 1975.
– *A moreninha,* TV Globo, 1975-1976.
– *Tchan! A grande sacada,* TV Tupi, 1976-1977.

Cinema

Filmes Baseados em seus Livros e Peças

– *Memórias de um gigolô,* 1970, direção de Alberto Pieralisi.
– *O enterro da cafetina,* 1971, direção de Alberto Pieralisi.
– *Café na cama,* 1973, direção de Alberto Pieralisi.
– *Patty, a mulher proibida* (baseado no conto "Mustang cor-de-sangue"), 1979, direção de Luiz Gonzaga dos Santos.
– *O quarto da viúva* (baseado na peça *A próxima vítima*), 1976, direção de Sebastião de Souza.
– *Ainda agarro esta vizinha* (baseado na peça *Living e w.c.*), 1974, direção de Pedro Rovai.
– *Sedução,* Fauze Mansur.

Teatro

– *Eva,* 1942.
– *A próxima vítima,* 1967.
– *Living e w.c.,* 1972.
– *Os parceiros* (*Faça uma cara inteligente e depois pode voltar ao normal*), 1977.
– *A noite mais quente do ano* (inédita).

Biografia

Marcos Rey, pseudônimo de Edmundo Donato, nasceu em São Paulo, 1925, cidade que sempre foi o cenário de seus contos e romances. Estreou em 1953 com a novela *Um gato no triângulo*. Apenas sete anos depois publicaria o romance *Café na cama*, um dos *best-sellers* dos anos 60. Seguiram-se *Entre sem bater, O enterro da cafetina, Memórias de um gigolô, Ópera de sabão, A arca dos marechais, O último mamífero do Martinelli* e outros. Teve inúmeros romances adaptados para o cinema e traduzidos. *Memórias de um gigolô* fez sucesso em inúmeros países, notadamente na Alemanha, e foi também filme e minissérie da TV Globo. Marcos venceu duas vezes o prêmio Jabuti; em 1995, recebeu o Troféu Juca Pato, como o Intelectual do Ano, e ocupava, desde 1986, a cadeira 17 da Academia Paulista de Letras.

Depois de trabalhar muitos anos na TV, onde escreveu novelas para a Excelsior, Globo e Tupi, Record e de redigir 32 roteiros cinematográficos, experiência relatada em seu livro *O roteirista profissional*, a partir de 1980 passou a se dedicar também à literatura juvenil, tendo já publicado quinze romances do gênero, pela editora Ática. Desde então, como poucos escritores neste país, viveu exclusivamente das letras. Assinou crônicas na revista *Veja São Paulo*, durante 8 anos, parte delas reunidas num livro, *O coração roubado*.

Marcos Rey escreveu a peça *A próxima vítima*, encenada em 1967, pela Companhia de Maria Della Costa; *Os parceiros (Faça uma cara inteligente, depois volte ao normal*), e *A noite mais quente do ano*. Suas últimas publicações foram *O caso do filho do encadernador*, autobiografia destinada à juventude, e *Fantoches!*, romance.

Marcos Rey faleceu em São Paulo em abril de 1999.

Impresso nas oficinas da
Gráfica Palas Athena